TEMPO DE ESCREVER

Alexandra Mettrau

TEMPO DE ESCREVER

Vermelho Marinho

2025

Autora
Alexandra Mettrau

Editor-chefe
Tomaz Adour

Revisão
Equipe Vermelho Marinho

Capa
Marcelo Amado

Diagramação
Marcelo Amado

Foto da autora
Anne Ulson

CIP-BRASIL. CATALOGAÇÃO NA PUBLICAÇÃO
SINDICATO NACIONAL DOS EDITORES DE LIVROS, RJ

M554t

Mettrau, Alexandra
Tempo de escrever / Alexandra Mettrau. - 1. ed. - Rio de Janeiro : Vermelho Marinho, 2025.
120 p. ; 21 cm.

ISBN 978-85-8265-441-5

1. Crônicas brasileiras. I. Título.

CDD: B869.8
25-99294.0 CDU: 82-94(81)

Meri Gleice Rodrigues de Souza - Bibliotecária - CRB-7/6439

17/07/2025 21/07/2025

VERMELHO MARINHO

EDITORA VERMELHO MARINHO
Avenida Gilka Machado, 315 – bloco 2 – casa 6
Recreio dos Bandeirantes – CEP: 22795-570
Rio de Janeiro – RJ

Apresentação

Lucilia Caire Castelo Branco

TEMPO DE ESCREVER

Título extremamente apropriado, finalmente esse tempo chegou... Seu livro é um convite a refletir sobre as manifestações da memória. Nos ensina toda a doçura e, por vezes, o amargor de ser o outro, de viver com ele e de construir um mundo melhor. Textos primorosos que nos fazem perceber que podemos viajar no tempo e saber usá-lo.

Eu sempre soube que Alexandra chegaria aí, mas ela precisava percorrer um caminho. O seu interior riquíssimo tinha que desabrochar, mas ela não sabia como. Inicialmente buscou o mais próximo, conhecer a natureza e seus habitantes de forma lúdica, mas queria explicações para o que via e sentia, assim foi estudar Biologia, porém continuava com muitos questionamentos, talvez injustiças observadas e foi procurar no Direito algumas respostas. Percebeu que precisava lidar melhor com seus sentimentos, muitas vezes controversos, e também dos outros, seria na Psicologia? Creio que conseguiu algumas respostas, mas precisava voar mais alto e mais profundo e foi buscar nos Astros e, na Antroposofia, pois sua ânsia de saber ainda a deixava inquieta.

E então, chegou o momento de transbordar, de se expor, de levar para o mundo o que viveu, sentiu, aprendeu, não podia guardar só para si, assim também se aliviava dessa pressão interna com a qual conviveu tanto tempo, compartilhando seu saber e seus sentimentos.

Assim chegou "Tempo de escrever".

Lucilia Caire Castelo Branco é professora e psicóloga aposentada e atualmente fazendeira.

Prefácio

Antônia Faro

ESCREVIVER

Se há um sacrifício no ofício de escrever, é matar algumas horas úteis na contemplação das "pequenas coisas inúteis". Logo ali, por exemplo, no quintal, há flores ao rés do chão, colhidas pela brisa do outono. À beira mar, uma onda mergulha em si mesma. No portão, um cachorro lambe e ladra. Aqui, um gato "ajuda" na composição da poesia, passeando sobre o teclado da escritora que colhe, ali, à beira mar, acolá, no seu quintal, um suspiro do tempo, uma rosa, uma lágrima, uma meditação, um afeto.

Assim é a escrita de Alexandra Mettrau. Seu livro de estreia na literatura, *Tempo de Escrever,* é uma colheita: a sensibilidade emerge de cada página virada, seja uma sensibilidade da percepção, da emoção ou do pensamento. Sim, o pensamento também pode ser sensível, o que nos revela em *Sensorialidades*. Que, aliás, nos dá a receita da sua escrita: "É um exercício maravilhoso prestar atenção ao que vem à cabeça quando atentamos ao que nossos sentidos percebem."

Os sentidos, a memória, são o tecido desses textos. A memória está presente em cada momento, como uma intromissão do tempo na vida ordinária, para lembrar do extraordinário. Para lembrar de Esperança (*Amor da Esperança)*, do amor, de primas (*Tapete Encantado*), e nunca esquecer de amigos que se foram, cedo demais (*Lágrimas na terra, festa no céu*).

Os textos de Alexandra emocionam. Por essa destreza mágica, muito próxima dos cronistas, de desentranhar do cotidiano a poesia. E brincar com ela, como amante das palavras e leitora do realismo mágico e de Guimarães Rosa. Então, em seu jardim, há também rosas (*Segredos de uma roseira*), que sussurram segredos, confidenciando os mistérios da linguagem que nos acompanha na decifração do mistério do mundo (*Segredos inesperados de sabedoria linguística, Mistérios da Natureza*).

Tudo isso vem de forma leve, entremeado com o irromper da Natureza, presente em seu texto, em mar, em tartarugas, em intempéries, em avós árvores, em danças luminosas ao vento.

E, assim, neste livro, revela-se na escrita, corajosamente, a cada um desses 43 textos, cumprindo a tarefa da escritora:

"Por isso escrevo. Para me concretizar e poder me pegar. Concretizar o que tenho de mais sutil, essencial, impalpável: Eu. Pegar a essência dessa individualidade que se doa e se esvai... Pegar assim com a mão, com o papel e a caneta. Alcançar o que não se esvai, mas que também não se materializa.

Agora chegou a hora de expressar isso. Esse algo que é meu, só meu. Que só eu tenho, ou melhor, que só eu sou. Ou ainda: que só eu tenho porque só eu sou.

É tempo de escrever."

Campinas, 11.04.2025

Antônia Faro é artista, música, escritora, poeta e filósofa. Mestre e doutora em Filosofia pela Universidade de São Paulo, é mentora de Escrita Criativa e professora de Filosofia, Escrita e áreas afins do Ensino Médio à Pós-graduação. Autora dos livros Escrita Criativa de A a Z e Convergências (ensaios).

Agradecimentos

Este livro é uma ponte.

Ponte para quem fui.

Ponte para quem sou.

Ponte para quem serei.

Agradeço profundamente aos que me reconheceram, apoiaram e incentivaram a ser eu.

Aos que me ajudaram a construir esta ponte.

Aos que a cruzaram junto comigo.

Aos que, ao cruzá-la, encontraram suas próprias memórias, reflexões e anseios, a partir dos meus. Encontraram a si próprios.

E aos que ainda a cruzarão. Que ela os ajude a também se encontrarem.

Muito obrigada a todos os meus familiares e amigos que estão presentes nestas páginas e que leram, comentaram, incentivaram e se reconheceram nelas, especialmente:

meus pais, Ana e Hugo;

meu marido Marcelo;

meus tios José Mauro, Angélica, Nuti e Lucia;

minha prima Lucilia;

minha mentora Antônia;

meu amigo e editor Tomaz;

minhas amigas, leitoras e incentivadoras Claudia Araújo, Andréa Rabello e Léa Kogut.

"Tudo que já foi, é o começo do que vai vir, toda a hora a gente está num cômpito".

João Guimarães Rosa[1]

Sumário

Apresentação: Tempo de escrever (Lucilia Caire Castelo Branco) **7**
Prefácio: Escreviver (Antônia Faro) **9**
Agradecimentos **11**

Receita de Alexandra **17**
Segredos inesperados de sabedoria linguística **19**
Brincar de boneca **23**
Tapete encantado **27**
Máquina do tempo **29**
Asas de xadrezinho verde **31**
Menino mirador **33**
Menina miradora **35**
Preciosas avós **37**
Muito além do arco-íris **39**
Voo marinho **41**
Criança tem cada coisa! **43**
Contemporaneidade **45**
Encantamento da escritora **47**
Sonhos imemoriais de colossos ancestrais **49**
Exortação a Endeuse-Ser **51**
Salve Iemanjá! **53**
Sensorialidades **55**
De médico e de louco, todo mundo tem um pouco **57**
Mistérios da natureza **59**
Segredos de uma roseira **61**

Dança com os elementos **63**
Imobilidade **65**
Mobilidade intemporal **67**
Brilho instantâneo **69**
Tempo de escrever **71**
Provocação! **73**
Rendição! **75**
Fera! **77**
Sabor das intempéries **79**
Depois da tempestade... **81**
Lua de Páscoa! **83**
Doze degraus **87**
Eu e o Mont Saint-Michel
- Férias **89**
- Pôr do sol **91**
- Reconhecimento **93**

"Canta, ó musa..." O mais difícil é começar **97**
O que será a visão? **99**
"É de pão, de pão amado pelo fogo" **101**
À primeira vista **103**
Amor da Esperança **105**
Lágrimas na Terra, festa no céu **107**
Qual a palavra que nunca foi dita? **109**
Lição do tempo **111**
Alegria a gente acha é só em horinhas de descuido **113**
Notas **117**

Receita de Alexandra

1. Coloque para ferver num caldeirão encantado sete porções e meia de sete anos de:

- ✓ muita sede de compreensão;
- ✓ fome de justiça;
- ✓ ânsia de liberdade;
- ✓ interesse pela natureza.

2. Acrescente, devagar e com cuidado para não empelotar:

- ✓ autoconsciência;
- ✓ consciência social.

3. Tempere com generosas pitadas de:

- ✓ criatividade;
- ✓ amor;
- ✓ responsabilidade.

4. Não esqueça que sempre dá para melhorar, então:

- ✓ **nunca pare de inventar!**

Segredos inesperados de sabedoria linguística!

(Leia em voz alta!)

É muito esquisito sentar para escrever sem ter uma ideia prévia. Até hoje, todos os meus textos surgiram de alguma ideia que veio, se fez visceral, ou, melhor, de uma vontade, um anseio profundo de algo, que sobe, se faz ideia e jorra livremente, aos borbotões, no papel.

Borbotões. De repente, escrevendo esta palavra, me dei conta de que começa igual à Borboleta.

Borbotões.

Borboleta.

Borbulhas.

Essa ideia de borbo, borborejar. O que é isso? É um jorro? Um transbordamento? Vem de bordas? De bordar? Desbordar? Borbulhar. Fazer borbulhas? Bolhas que se formam e estouram incessantemente?

É assim o voo da borboleta? É por causa dele que ela tem esse nome? É por causa de sua beleza voando que nos transborda de encantamento?

Borbo-leta ↔	Borbo-tões	↔	Borbu-lha.
Bor-boleta ↔	Bor-botões	↔	Bor-bulha.

Boleta vem de bola? A borboleta voa como se formasse bolhas no ar com seu voo? Suas asas têm formato redondo? Ou será por causa do padrão de desenho das asas de algumas borboletas com bolas coloridas ou imitando os olhos de alguns animais? Olhos redondos.

Boleta – é uma bolinha redonda.

Botão – geralmente é redondo.

Bolha – é redonda.

A borboleta dá voltas circulares no ar. Seu voo é uma dança, um volteio aéreo. E quando duas ou mais borboletas dançam juntas, que beleza! Se aproximam e se afastam em círculos, espirais e elipses!

Engraçado hoje a palavra borbotões me levar para as borboletas. Sempre me intrigou, quer dizer, sempre me encantou e me intrigou essa palavra: Borboleta. Tem um som delicioso e borbulha na boca enquanto a gente fala. O "b" e o "o", tão redondos e o "r" que vibra molhado se for na ponta da língua ou seco se for na garganta, mas que liga toda a redondice do "bo" da frente com o "bo" de trás.

Agora chegou uma nova palavra, completamente diferente, mas com a mesma estrutura.

Garganta.

"Ga" antes, "r" no meio, "ga" atrás.

"Ga" – "g" seco, cortante, que se abre no "a" que recebe e se deixa levar pelo "r" para encontrar outro "ga" seco, cortante e aberto.

Borbo.

Garga.

Borboleta – Garganta

Borbotões, borbulhar – Gargalhar, gargalhada!

A gargalhada pode vir aos borbotões, mas quanto mais ela borbulhar, mais vai cortar a respiração, até a gente ficar sem ar de tanto rir. É uma borbulha que vai secando, um afogamento de alegria.

A borboleta é a beleza que transborda dançando no ar.

A gargalhada é a alegria que transborda, cortando o ar.

De qualquer modo, quando a gente gargalha falta o ar na garganta, mas o estômago ferve em borbulhas de riso.

E quando a gente se apaixona, não sente borboletas no estômago e fica rindo à toa e perde o ar ao ver o ser amado?

Acho que a língua é muito sábia: as palavras guardam segredos que a gente nem imagina, mas que podemos desvendar, se quisermos. Basta aceitar o convite da comichão na barriga enviado pela borboleta disfarçada de borbotões, que sobe, se fazendo ideia e jorrando alegria no papel até borbulhar na garganta e virar a deliciosa e contagiante gargalhada de tirar o fôlego!

Brincar de boneca

Nunca gostei de brincar de boneca. Coisa mais chata ficar trocando a roupinha, penteando o cabelo, fingindo que são minhas filhinhas e vou levá-las para passear, ou então que a Susi namora o Bob. Sim, Susi, na minha infância a Barbie nem sonhava em dar o ar da graça em *terra brasilis*... De qualquer modo, se ela aparecesse, eu ia achá-la mais entediante ainda!

Eu gostava de correr, pular, brincar de pique, bola, polícia e ladrão. Andar de bicicleta, subir em árvore e montar a cavalo. Ir na piscina, na cachoeira, na praia. Tomar banho de mangueira. Tirar leite da vaca e beber, quentinho, no curral. Comer fruta direto no pé: jabuticaba, manga, tangerina, goiaba, pitanga... Hum, água na boca!

Detestava ser vestida de menininha e ter que me comportar. Estar sempre com o cabelo arrumado, de saia ou vestido e não poder tirar a blusa, que nem os meninos, no calor escaldante do verão carioca. Menino pode tudo, pode sentar de qualquer jeito, pode fazer xixi onde quiser, pode ficar de short e sem camisa o tempo todo. Nem tem que se preocupar com nada. Tremenda injustiça!

Dei muita sorte que meu cabelo não embaraça, já viu coisa mais dolorida que ter que ficar quietinha, parada enquanto a mãe penteia e prende o cabelo para você ir toda bonita e comportada de maria chiquinha, trança ou rabo de cavalo para a escola? O bom é que eu realmente ficava uma graça de cabelo preso e sempre foi muito mais prático, para uma moleca que nem eu.

Exato: eu era uma moleca! As brincadeiras das meninas eram todas enfadonhas, eu só participava porque queria brincar com as minhas amigas: eu gostava delas e elas gostavam disso. Mas logo eu cansava e ia fazer outra coisa. Ainda bem que eu tinha uma companheirona que estava sempre comigo brincando com os meninos. E como a gente cresce e amadurece mais rápido que eles, éramos sempre respeitadas e chefiávamos a diversão.

Na família do meu pai eu fui a primeira filha, neta e bisneta. Ao meu redor, um primo mais velho e dois mais novos, bem próximos de minha idade, e a vila da minha bisavó. Prato cheio para mim, que queria mesmo era brincar com eles na rua.

Na família da minha mãe, eu e minhas primas-irmãs, bem da minha idade, éramos as crianças mais velhas e vivíamos na fazenda da avó delas. Elas até gostavam de brincar de boneca, mas eram tão molecas quanto eu. A liberdade e a amplidão da fazenda me deram todo o amor e a coragem que eu tenho em relação à natureza. Confesso que répteis e anfíbios não me atraem muito, tenho uma certa aflição deles e medo de cobra, mas de resto, nunca tive problema em pegar minhoca para colocar no anzol e ir pescar no rio; aranhas e insetos não me assustam, nem mesmo barata, embora, claro, não as ache atraentes, como outros animais. Sempre fico fascinada com determinados mamíferos e não duvido nada que diante de uma onça ou um lobo eu não ficaria hipnotizada, com vontade de acariciá-los, se não fosse perigoso.

Com tudo isso, acho que dei muito trabalho para a minha mãe. Eu tinha a sensação de que ela queria a filha que "toda a mãe quer": aquela que ela sonhou quando brincava de boneca. A que ia cuidar, vestir, enfeitar e mostrar para todo mundo como é linda e comportada, uma verdadeira princesa! Nem acho que o ideal de filha da minha mãe é tão bonequinha assim, pois com ela aprendi a ser muito prática e saber, ou querer saber, me virar. Mas eu lembro que sempre lutei contra a vontade dela de que eu fizesse balé ou atividades de menina, como ginástica rítmica, enquanto o que eu queria mesmo era fazer vôlei e esportes com bola. Lá pelos 11 anos de idade eu cedi e fiz um tempo aula de jazz, mas acho que foi só para ela ficar satisfeita, pois, logo depois que eu paguei o maior mico vestida de palhacinha na apresentação de final de ano, dei graças a Deus que acabou e não voltei mais!

Segui sendo a moleca que eu queria. Acho que sou até hoje. Apesar disso, sinto que sou uma alma velha, e deve ser por isso que era tão chato brincar de ser adulta. Também por isso, tive tanta personalidade e determinação desde cedo, sabendo o que eu gostava e não cedendo ao que queriam ou esperavam de mim. E fui muito afortunada de crescer em um meio que me incentivou, ao invés de me tolher, me dando todo o espaço e o tempo para eu me expandir e me expressar.

A liberdade e a leveza desta menina que corria, pulava e subia nas árvores me salvaram de ser muito séria. E me fizeram rica de criatividade, pois encheram meu baú do destino com ferramentas de viver.

Tapete encantado

– Xandra, quero te mostrar uma coisa, vem comigo – me chamou minha prima, um pouco mais velha que eu, um dia na fazenda.

Prima mais velha é sempre referência para quem, como eu, é primogênita. Ainda mais porque a família dela é como se fosse minha segunda família, pois com eles eu ficava sempre que minha mãe precisava de ajuda. A avó dela, que era irmã da minha, foi a avó materna que eu conheci. Sua casa foi uma das lembranças mais antigas, morávamos no mesmo prédio e eu e as primas vivíamos juntas. A fazenda do seu avô era meu refúgio de férias, sempre com elas, durante toda infância e adolescência. A irmã dela era praticamente minha irmã gêmea, pois nasceu três dias antes de mim, estávamos sempre juntas e todos nos confundiam, a não ser pela cor dos cabelos: os meus eram castanhos e os dela, loiros.

Essa prima-irmã referência, um dia, durante minha adolescência, quando estávamos passando férias na fazenda, me chamou. – Vem, quero te mostrar uma coisa.

Fui. Se ela queria me mostrar algo, devia ser muito legal.

Descemos até o curral e fomos subindo no morro em frente, por trás da casa de D. Maria. Quando chegamos no meio dele, que não era muito alto, mas de onde dava para ver a estrada e os morros do outro lado da via, nos sentamos. – Olha! – ela me disse. – Você já viu coisa mais linda?

Olhei para a frente e foi um deslumbramento! Um gigantesco tapete verde amarelado se movia na campina mais adiante. Ou um mar ondeante. Ou um milharal ao vento. Fiquei extasiada por alguns minutos e nunca mais esqueci.

Algumas vezes depois tentei ter essa visão novamente. Nunca o vento esteve de novo tão especial. Jamais consegui escolher o momento certo de maturação do campo de cultivo. Mas a lembrança daquele dia permanece indelével e preenchida da profunda gratidão por essa prima me ter aberto os olhos. Tenho a vaga sensação de que ela me levou lá porque eu estava triste, mas, se foi isso, a tristeza não pôde resistir e foi embora diante do tapete encantado.

Máquina do tempo

Eu vivo numa casa cheia de memórias. Olho pela janela e me vejo andando de bicicleta. No canto do meu ateliê, sento no colo da minha bisavó. No quintal, como a laranja que a Esperança descascou para mim. Na mesa de trabalho, disputo as pontas das bisnagas com meus primos.

Cada parte da casa, apesar de totalmente diferente depois da reforma, tanto que algumas nem existem mais, tem uma história para contar.

As casas vizinhas, cujas fachadas nem mudaram tanto, mas que já tiveram muitos moradores, contam das brincadeiras de pique, amarelinha, bola, corrida, bicicleta, com os amiguinhos que não sei por onde andam.

Encontros de um tempo que não existe mais, mas que vivem dentro de mim. Se eles vivem ainda, mesmo que em memória, então esse tempo existe, está acontecendo aqui, agora, enquanto eu escrevo.

A casa tem duas fachadas: a que eu lembro e a que vejo agora. Minha cozinha é também o quarto de solteiro de meu pai. Meu consultório, a sala de televisão de minha bisavó.

Perdida nesses pensamentos, olho para a frente e vejo minha bisa sentada em sua cadeira do papai. Levanto e sento-me em seu colo. Pequena, sinto o calor de seu corpo, encaixo perfeitamente em sua barriga fofinha, brinco com seus cabelos violeta e sua verruga no canto da boca. Sinto sua mão acariciando minha cabeça e ouço sua voz me contando histórias.

Quase não sinto o tempo passar, quando, de repente, meu marido sobe as escadas e eu me vejo novamente no sofá da minha sala. Olho ao redor e me pergunto como cheguei aqui. Foi uma trajetória de mais de 40 anos, passados em um átimo de segundo.

Dentro de mim tem uma máquina do tempo, com todos os tempos que já vivi. Nela posso me transportar a cada momento, a cada dia, a cada emoção, a cada encontro. Bons ou ruins.

Essa máquina me ajuda a ser uma pessoa melhor, se eu quiser, pois posso avaliar o que fiz, posso resgatar e desenvolver o que foi bom: meu, ou que recebi das pessoas, como o amor de minha bisa. Posso também transformar minhas características que percebi que não foram boas, para que nas próximas vezes eu realize ações melhores para mim e para os outros.

É uma dádiva que tenhamos essa máquina interna do tempo. Assim, pude estar com a Vó Dina agorinha há pouco e posso reencontrá-la sempre que eu quiser, porque, dentro de mim, sempre ela esteve comigo e sempre estará.

Asas de xadrezinho verde

Era uma vez uma menina com um vestido de xadrezinho verde... Toda criança é uma borboleta. A menina era a borboleta de asas de xadrezinho verde.

Assim, com esse vestido, ela voava... Voava pela vila, voava subindo em árvores, correndo atrás das outras crianças, brincando de pique. Voava no dorso dos cavalos, voava no jorro da cachoeira, voava nadando no rio. Voava entrando no mar e passeando pelas areias das praias.

A menina voava e, nas suas asas de xadrezinho verde resplandecia toda a luz que ela trouxe para fazer o mundo brilhar.

O pai se iluminava com o brilho xadrezinho. A mãe mostrava seu sorriso resplandecente quando via o brilho xadrezinho. A bisavó e a Esperança, que refulgiam mais que todos, mas que tinham muita capa de vida por cima de suas luzes, tiravam todas as camadas e pareciam voar junto com a menina. Então, quando as asas xadrezinho verde e as asas de vida batiam num bailado de alegria, seus lampejos furta-cor cintilavam como estrelas a quilômetros de distância, se confundindo com a luz do sol, se era dia, ou aumentando o fulgor das estrelas, se era noite. E assim a vida e as pessoas tinham o brilho alegre da menina borboleta de asas de xadrezinho verde.

Mas, aos poucos, a menina cresceu e o vestidinho verde já não cabia mais. A vida foi colocando umas capas em volta da menina e seu brilho foi sendo ofuscado. A bisavó e a Esperança ficaram muito cansadas e dormiram para sempre. Foram brilhar lá do outro lado do sol, mas também dentro da gente quando a gente lembra delas, só que isso não acontece muito frequentemente.

De repente, a menina virou uma lagarta. Como toda lagarta, ela passou seus dias ocupada em comer e crescer. Não voava mais, não brilhava mais. Se arrastava pelo jardim, olhando para a terra e para a grama, fazendo apenas o que precisava para seguir vivendo. Se alimentava de conhecer pessoas, de estudar, de trabalhar. Foi se nutrindo e crescendo. Se embrenhava pelas paisagens onde havia o melhor que ela pudesse encontrar para entender por que era lagarta. Aos poucos foi recordando que já tinha sido borboleta e que tinha asas de xadrezinho verde. Muito mais frequentemente ela passou a se lembrar dos voos com a bisavó e a Esperança. E aí ela se alimentava mais ainda do que pudesse ajudar a saber por que não era mais borboleta e a procurar descobrir como ela e as pessoas podiam voltar a ser borboletas.

Aos poucos, ela foi ficando cansada de tanto que já tinha se nutrido. E com todas as páginas de livros que tinha lido, com todas as conversas que tinha tido, foi afofando uma caminha, para dar um cochilo e descansar. A cama era tão macia que ela dormiu bastante, dormiu pesado, mas enquanto dormia, tudo o que ela tinha comido foi se transformando e a envolvendo e, por dentro, ela foi ficando mais leve.

Um dia, ela acordou. Viu que tinha toda essa capa de vida em volta dela e resolveu abri-la. Aos poucos conseguiu fazer um buraco e foi saindo debaixo daquele peso todo de vida. Quando saiu, sentiu que queria esticar os braços e se espreguiçar. Foi quando percebeu, enquanto se espreguiçava, que estava de novo de vestido, leve como as asas da borboleta, só que agora o vestido era multicor e ela era uma mulher. Uma mulher com asas de vestido multicor feito de xadrezinho verde, luz de pai, sorriso de mãe, vida sábia de bisavó e Esperança, alegria de amizades, troca de experiências, conhecimentos de estudos, amor que deu e recebeu.

E agora, ela voa. Voa trabalhando, voa estudando, voa dando aula, voa com seu marido, voa com seus bichos, voa viajando, voa sorrindo e voa resplandecendo seu brilho multicor, feito de xadrezinho verde e de vida.

Menino mirador

Pequeno, já gostava de ficar olhando. A trilha das formigas: para onde vai? Buraco na terra onde elas entram, que tamanho tem? Pingo na folha no início da manhã, choveu de noite? E a luz que viaja nas frestas das árvores! Raios intercalados de sombra. De onde vêm? Para onde vão?

Cresce e olha outras miragens do mundo... Menina bonita de trança, gosta de brincar de pique? Por que ela usa saia e eu short? Pai e mãe na sala rindo hoje, discutindo amanhã. Pingo no rosto da mãe, choveu dentro?

E olhando o mundo, o menino vai crescendo. Sempre olhando. Às vezes a curiosidade é tanta que ele escreve para entender. Ou só para desabafar. Ou só para não perder o que viu.

Assim ele se torna escritor. Escreve o que vê, o que pensa, o que não entende, o que enfim compreende. Às vezes de madrugada acorda para escrever, às vezes nem lembra de parar para comer, mas vai, aos poucos, se encantando no mundo.

Menina miradora

Pequena, já gostava de ficar olhando. A trilha das formigas: para onde vai? Buraco na terra onde elas entram, que tamanho tem? Pingo na folha no início da manhã, choveu de noite? E a luz que viaja nas frestas das árvores! Raios intercalados de sombra. De onde vêm? Para onde vão?

Cresce e olha outras miragens do mundo... Menino bonito, veloz como o vento, vamos ventar juntos? Por que ele usa short e eu saia? Pai e mãe na sala rindo hoje, discutindo amanhã. Pingo no rosto da mãe, choveu dentro?

E olhando o mundo, a menina vai crescendo. Sempre olhando. Às vezes a curiosidade é tanta que ela escreve para entender. Ou só para desabafar. Ou só para não perder o que viu.

Assim se torna escritora. Escreve o que vê, o que pensa, o que não entende, o que enfim compreende. Às vezes de madrugada acorda para escrever, às vezes nem lembra de parar para comer, mas vai, aos poucos, se encantando de mundo.

Preciosas avós

Todos os dias ao sair na rua elas me cumprimentam. Distintas senhoras, muito amigas e companheiras de destino. Cada uma, com seu jeito próprio, me deseja bom dia e me alegra o caminho. Muitas vezes passo distraída e não as vejo. Outras vezes quase não as diferencio, embora sejam tão peculiares. Porém, quando me detenho para receber sua saudação, que alegria! Quanta riqueza de detalhes posso perceber em suas distintas apresentações.

A primeira, muito delgada, nobre e empertigada, orgulhosamente expõe as marcas de sua experiência: cicatrizes de conflitos passados, rugas de sábia resiliência. Pele curtida e embaçada pelos carinhos acalorados e luminosos do sol. Ela me diz:

– Bom dia! Que sua jornada seja firme e produtiva!

A segunda, uma matrona muito redondinha, gostosamente rodeada de pequeninos que lhe sobem o regaço, com sua fresca gargalhada me convida:

– Bom dia! Que tal um bolinho com café para se fortalecer antes de seguir?

A terceira, simples no trajar, como a primeira, acolhedora como a segunda, porém um pouco mais séria, sempre com um ouvido atento e um sábio conselho nos lábios me sorri:

– Bom dia, como vai hoje? Está suficientemente agasalhada? Siga com cuidado.

Como preciosas avós, as três grandes árvores de minha calçada testemunham minha jornada diária.

Muito além do arco-íris

Algumas coisas na vida são unanimidade. O Arco-íris é uma delas. Ninguém fica impassível diante dele. Tampouco passa incólume por ele. No entanto, ninguém passa por ele. Passamos pela experiência de vê-lo, mas nunca o tocamos, cheiramos ou atravessamos.

ELE nos atravessa.

Ver um arco-íris no céu é como sentir o perfume de uma rosa, ouvir o canto de um rouxinol, acariciar o pelo de um animal de estimação, ouvir história no aconchego do colo da avó, comer a comida predileta, ser abraçado pela pessoa amada... Somos tomados pela visão e ficamos encantados no caminho colorido que perpassa o céu.

Será que no final tem um pote de ouro?

Onde ele começa? Qual é o seu fim? Quanto tempo vai durar?

Para onde leva? Para o reino de Asgard[2]? Ou será que depois dele tem o mundo mágico de Oz[3]?

É a deusa Íris[4] que enfeita o céu ao levar as mensagens dos Deuses? É Oxumaré[5] Cobra-Arco-Íris soberano dirigente dos movimentos? Ou a maravilhosa Serpente do Arco-Íris[6] australiana que deu forma a vales, montanhas e rios e criou toda a vida na Terra ao fazer jorrar água sobre seus rastros?

Não sei você, mas eu fico arrebatada como uma criança, maravilhada e hipnotizada, desejando que ele não se vá.

O Sol, ao vir iluminar o ar molhado depois de uma chuva, sempre traz o arco-íris para colorir de volta a paisagem cinzenta. É como se o pincel viesse molhar as tintas na água para aquarelar o cenário.

A beleza e o mistério nos envolvem no arco-íris. Ele é efêmero, não podemos captá-lo e temos que aproveitar enquanto ele está, pois num piscar de olhos pode desaparecer!

Ele nos diz: "depois da tempestade vem a bonança!" E nos convida a ter esperança, a confiar, esperançar.

Ele traz todas as possibilidades, todas as cores. "As cores são ações e paixões da luz", dizia Goethe[7]. Sim, para a cor nascer, a luz tem que interagir com a escuridão. Ambas sofrem, mas juntas, através de seus atos e encontros, colorem o mundo.

Hoje o arco-íris visitou minha alma. O sol iluminou lágrimas de felicidade misturadas com escuridão de realidades, mas a cor se fez e eu espero seguir colorindo o mundo com as cores da minha alma.

Voo marinho

Esqueço como foi difícil chegar até o mar, me arrastando num longo e perigoso caminho pela areia. Lá, pequena, frágil e inocente, não tinha ideia dos perigos que me espreitavam. Só havia a urgência de chegar, sem saber onde, mas ansiando por conhecer meu destino.

De repente, um frescor perpassa meu corpo me empurrando de volta à praia, mas é tão delicioso que é impossível não querer mais. Ouço o chamado de meu coração e sei que preciso ultrapassar estas ondas que me desafiam. Finalmente me sinto sair do chão e flutuar na imensidão que me sustenta!

O atrito suave da água em minha pele acaricia o topo de minha cabeça, pressiona minhas narinas, resiste sob meus membros, me direcionando. O peso e a dureza de minhas costas desaparecem. Abro os braços e alço voo na densidade acolhedora.

Desde então sigo voando lépida e livre pelos mares, sem sentir o casco cada vez maior e mais duro que me cobre e protege. Até que o ar acaba e preciso subir para respirar.

Estranha sensação de mudança de densidade! Água escorre pelo meu rosto enquanto a secura do ar revela a concretude de minha pele.

Faço força para me manter flutuando neste encontro de ambientes. Tão graciosa debaixo d'água, tão pesada na superfície! Ainda assim, fico um pouco com a cabeça emersa para desfrutar da beleza que surge ao divisar o encontro dos azuis celeste e marinho na linha do horizonte, e me delicio com o calor do sol banhando meu rosto.

Revigorada e plena de ar e de luz mergulho de volta na leveza que me leva adiante. Incansavelmente adiante.

Criança tem cada coisa!

Vivia na janela esperando o pai. Não sei bem o tempo, podia ser uma hora, um dia, uma semana. Era sempre uma eternidade! Às vezes ele chegava de noite, às vezes de manhãzinha. Trazia sempre um grande sorriso, um abraço quente, um afago carinhoso em meus cabelos. Depois beijava a mãe e ia descansar.

A casa ficava preenchida de sua alegria e meu coraçãozinho aquietava a saudade, mas acordava o medo da próxima ausência. Durante muitos anos foi assim, eu já tinha aprendido a contar o tempo quando ele um dia levantou e me chamou:

– Filho, vem cá. Amanhã o pai sai de novo. Você vem comigo.

O coração abriu o olho de susto e contentamento: – Vou? E medo. Quando o pai sai, ele existe? Se eu desaparecer, será que a mãe vai lembrar de mim? Será que eu vou conseguir voltar?

Enchi o peito de coragem e assenti.

Manhãzinha, tudo arrumado, entramos no carro. Eu e o pai. Só.

Fui vendo a mãe ficando pequenininha enquanto paisagens novas se revelavam para mim. Nunca tinha visto tanta cor antes. Nem escutado tantos sons diferentes.

Aos poucos, as alturas dos prédios foram se fazendo distantes e as linhas retas da paisagem se juntaram todas na rodovia à nossa frente. Ao redor, curvas se sucediam em copas de árvores e cadeias de montanhas, de todas as cores, formas e distâncias. A imensidão que eu conhecia se reduzia a nada, diante daquele mundo gigantesco.

O tempo passava, e eu continuava existindo. De repente, me veio um pensamento quase insuportável: "A mãe! Ela desapareceu! Não! E se ela não existir nunca mais?"

Juntei todas as minhas forças e perguntei:

– Pai, a mãe deixou de existir?

Surpreso ele perguntou:

– Que pergunta é essa, meu filho?

– Quando você desaparece, eu sei que você vai voltar, tenho medo, mas você sempre volta. Agora eu vim com você, eu achei que a gente ia desaparecer, mas a gente ainda existe, então foi a mãe que sumiu. Ela nunca sumiu antes, será que ela volta?

Divertido, ele me acalmou.

– Ela está lá em casa esperando a gente. Ninguém vai deixar de existir. Só vamos ficar um tempinho sem ver a mãe, mas daqui a uns dias a gente volta para casa e ela estará lá. Agora, curte a viagem e aproveita esses dias só com o seu pai.

Contemporaneidade

Contemporaneidade.

Palavra difícil, mas que está na moda.

Palavra atual, que denota um estado, o de ser contemporâneo, de coexistir. E, no momento presente.

Encontrei essa palavra como título do diálogo que participei para a aula inaugural do curso Temas Fundamentais em Antroposofia, da Sociedade Antroposófica no Brasil: "A Importância da Antroposofia na Contemporaneidade".

Me peguei, como de hábito, pensando nela, pois, como vocês já devem ter percebido, eu adoro pensar nas palavras.

Uma vai puxando outra e, de repente, enquanto vou refletindo na contemporaneidade, surge contemporizar e, logo depois, assim, como quem não quer nada: temporã! Chega por último, mas "vem causando", afinal, assim, feminina, é mais poética e sonora do que o masculino temporão... além de casar bem com as outras duas, o que ele, definitivamente(!), não faz.

Contemporaneidade.

Contemporizar.

Temporã.

Todas têm tempo dentro.

O tempo agora.

O tempo arrastado.

O tempo antes do tempo.

Temporã vem na frente, já se anuncia precoce e tão rapidinho que nem dá para dividir, vem sozinha mesmo, sem com-partilhar.

Contemporizar encomprida o passado para o futuro não chegar, arrastando junto quem quer discordar.

Contemporaneidade suspende o momento, aproxima as existências, colocando o com– na frente da temporã que se adiantou e igualando as idades: con-temporan-e-idade. O futuro que se fez compartilhado e eterno no presente.

De repente contemporizar reclama que não está dentro de contemporaneidade, mas eu olho para ela e pergunto, contemporizando: tem certeza? Se vocês duas contempõem-se até individualizarem-se no final!

Contempor– aneidade

Contempor– izar

E, dentro de você, também tem a vontade da temporã, mas ela se apressa e se faz palavra sozinha antes de te deixar completá-la!

Con-tempor-izar

Tempor-ã

Por um lado, é bom que você alongue o passado, contemporizadora. É preciso tempo para despertar e chegar até o coração para que a-cor-dos acordados e amorosos aconteçam.

A apressada temporã talvez pule algumas das etapas de amadurecimento dos encontros até o coração.

Por outro lado, se você não se desapegar do passado, vai ficar dormindo e também não vai chegar lá e, antes do encontro acordar nos corações, já vai ter escoado o tempo...

É preciso que passado e futuro se encontrem no presente.

E existam juntos.

E se vejam.

E se reconheçam.

E se amem.

Contemporaneamente, contemporizar com a temporã.

Encantamento da escritora

Não é à toa que existem lendas e ditados onde as letras são vistas como pequenos demônios. Sim, as letras são diabinhos. Eu sempre gostei de ler. Lembro do encantamento que sentia quando movia as tábuas de letras e formava novas palavras na escola. Um verdadeiro feitiço! E depois, quando pela primeira vez li um *outdoor*, passeando de carro com minha família, fiquei tão contente que não parei de ler em voz alta para mostrar para todo mundo que eu tinha lido. Eu tinha entendido! É como se de repente um mundo se descortinasse e estivesse a meus pés... O feitiço e o poder que as letras concedem. Obra do demônio!

Criança e adolescente leitora voraz, tive vontade de ser escritora. Não segui esse instinto. Saí pelo mundo em busca do sentido da existência, da fonte que me aplacaria a sede de conhecimento e transbordasse em minha atuação. Fui estudar as leis da vida, não foi suficiente. Quis entender as leis humanas, não suportei os jogos de poder que sustentam as injustiças. Encontrei, na Antroposofia, uma luz para a compreensão integral do ser humano e do cosmo, o que me fez querer mais, me fez querer conhecer a alma. Aos 54 anos, vivo com meu marido, gatos e cachorros na minha casa no Rio de Janeiro, sou aconselhadora biográfica, professora de Antroposofia, artista plástica, psicóloga, advogada, quase bióloga, empresária e mentora. Trago em mim tudo o que vivi, tudo o que sou e tenho.

Hoje a escritora se faz notar: vibra em meu peito, revolve minhas entranhas e grita em minha cabeça o que quer colocar no papel. Surge como fênix, nascida das cinzas de seu abafamento, plena do mundo que, agora, vive em mim. Alça seu voo, ainda tímido, ainda baixo, experimentando seu estilo, sua linguagem, suas formas, mas segura de que precisa voar, precisa escrever. Enfim, colocar em letras tudo isso, sem querer enfeitiçar ninguém e dando aos pequenos demônios a oportunidade de se desencantarem e levarem, não feitiços, mas reflexões aos meus leitores. Autorreflexões que, talvez, abram as janelas para questionamentos e não certezas.

Sonhos imemoriais de colossos ancestrais

Sobre o horizonte, gigantes adormecidos se aquecem ao sol do entardecer. Botões de bromélias reluzem em suas vestes rochosas, estampadas de matas e musgos. Verdes frescos resplandecentes lentamente cedem lugar aos cinzas violáceos trazidos pelo manto da noite que emoldura os sonhos intemporais dos imensos seres.

Sonham com as lembranças dos tempos em que caminhavam pela Terra deixando como rastros os leitos dos rios e em suas pegadas mais fundas os berços dos lagos. Memórias de eternidades nas quais seus feitos geravam ou transformavam paisagens; sua fala acalentava como brisa fresca ou devastava em ferozes tempestades e abrasadores ciclones; seus soluços e espirros criavam leves ondas nas praias ou arrasadores maremotos e tsunamis.

Sonhos saudosos de um tempo em que a própria Terra ainda era maleável a seus destemperos e suas criações.

Sonhos de incontáveis eras, efêmeros personagens e constante metamorfose cenográfica.

Sonham também com o tempo em que minúsculos seres, poucos e seminus, começaram a caminhar pelas matas que surgiam em solos cada vez mais firmes. Pequenos grupos de indivíduos caminhando e caçando pelos bosques e florestas.

Nos sonhos, o tempo se faz tempo e a terra se faz firme, e os grandes colossos começam a sentir sono, enquanto os minúsculos seres gradativamente deixam de caminhar para fazer morada, criar animais e se vestir de peles.

O sono intemporal dos grandes criadores das paisagens lentamente os vence e, como último ato criativo, aos poucos se deitam, formando as mais belas cadeias de montanhas ao redor do mundo.

Picos e montes que os pequenos indivíduos começam a explorar e conquistar, conforme aprendem a rasgar a terra para cultivar o solo e produzir alimentos, unindo-se em bandos mais populosos para formar pequenas comunidades. Repentinamente as singelas tribos tornam-se vilas, aldeias, cidades, metrópoles. Quadrados de pedra substituem árvores, lembrando formigueiros verticais, lotados de pessoas cobertas com vestes incomuns, que entram e saem incessantemente, assolando a terra ao redor.

Cada vez mais profundo sono arrebata os gigantescos moradores primordiais da Terra, e sonho e memória se confundem em incontáveis anos de espera.

Longa espera pelo tempo em que os pequeninos seres humanos aprendam, como eles, a amar o mundo que habitam e, assim, percebam os gigantes adormecidos e os convidem a despertar, para juntos viverem em harmonia, criando e transformando respeitosamente o mundo que os acolhe.

Exortação a Endeuse-Ser

Eles esperam.

Incansavelmente esperam.

Por largo tempo se mostraram, ensinaram, nos guiaram.

Nossos progressos celebraram,

Nossos erros lamentaram,

Nossas perfídias perdoaram.

Sempre à espera.

De suas mãos muito recebemos,

Sob sua orientação aprendemos.

Controlamos o fogo, criamos a roda, domesticamos os animais, cultivamos a terra.

Quando crianças pequenas, disputamos nossos brinquedos: a caça; o abrigo; o espaço,

Recebendo e respeitando Seus limites e ensinamentos.

Como pais orgulhosos, felizes nos acompanhavam.

Quando adolescentes, questionamos, testamos, desafiamos, cobiçamos.

Deles nos afastamos buscando autonomia.

Pequenas conquistas, grandes erros,

Muitos aprendizados,

Emancipação.

Nos sentimos livres, independentes.

Os esquecemos, abandonamos, rejeitamos.

Como pais amorosos, nos respeitaram, acompanhando e observando.

Porém, se retiraram,
E se calaram.
Desde então, observam.
E esperam.
Incansavelmente esperam.
Veem a humanidade se desenvolver
– como adultos -
Em luta por sua própria existência.
Produzindo conhecimento, consciência.
Criando, mas também destruindo.
Hoje: adultos, autônomos, independentes,
O que aprendemos?
Continuamos disputando, cobiçando, destruindo.
Têm razão os deuses em nos amaldiçoar, se quiserem.
No entanto, ainda esperam.
Incansavelmente esperam.
Esperançosamente esperam.
Lograremos alcançá-los?
Humildemente envergonhada,
Bravamente esperançosa,
Eu,
Reverentemente,
Confio que sim.

Salve Iemanjá![8]

Hoje o dia está cheio de 2: 2 do 2 de 2022. Número da polaridade, quando o 1 se divide.

No segundo dia, Deus separou as águas que estavam acima e as águas que estavam abaixo, criando o firmamento[9]. A substância do mundo era água. É na água que a vida começa. Também na explicação científica da origem do universo e do mundo, a partir de um determinado momento, nas águas é que surgem os primeiros organismos vivos unicelulares.

Porque existe separação, dualidade, o feminino e o masculino surgem e podem procriar, gerar vida, o todo, o uno, a partir de seu encontro, de sua re-união. A água feminina que gesta a vida, ao ser fecundada pelo firmamento masculino.

Em todas as religiões e mitologias, o feminino é a expressão da geração e nutrição da vida; da mãe terra, que irrigada, fertilizada, gera e nutre a vida. É também a expressão da beleza e do acolhimento que escuta, ouve. Silencia para receber.

É bastante significativo que 2 do 2 (dois de fevereiro) seja dia de Iemanjá. A orixá de longos cabelos, rainha do mar e mãe de todos. A deusa que gera, nutre e protege a vida. Através da água também, as substâncias se misturam. Iemanjá é então essa mãe que não diferencia raça, credo, gênero. A bela mãe universal.

E hoje, 2/2/2022, uma data que tem cinco dois e um zero como numerais, fico me perguntando que tão especial característica feminina teremos este ano, em que, na comemoração da mãe universal, o número da dualidade, da polaridade, da separação que proporciona a união, esteja tão presente. Mas, com um zero no meio, o zero, o vazio, o nada: o útero onde pode nascer o novo.

Que Iemanjá nos traga toda a doçura e fertilidade que precisamos para gerar nova vida após 2 anos de pandemia!

Salve Iemanjá!

Sensorialidades

Pela primeira vez começo a escrever a partir de um título. Me veio essa palavra na cabeça: sensorialidades. Me peguei pensando na laranja lima que me levou para o Amor da Esperança[10]; na gata angorá que leva Guimarães Rosa[11] a passear pela Ásia; nas sensações do vento, do sol e do mar em minha Dança com os Elementos[12]. E a palavra surgiu.

É um exercício maravilhoso prestar atenção ao que vem à cabeça quando atentamos ao que nossos sentidos percebem. O gosto aromático e texturado de uma comida, o tato acariciante de um animal de estimação, o calor envolvente do sol em um dia de inverno, o frêmito fresco de um beijo da pessoa amada. Muita poesia só em um acordar para as sensações.

Hoje o dia está estonteantemente lindo e quente. O brilho do sol invade todos os ambientes da casa, o calor entra pelas janelas, desprende do chão e das paredes, exala pegajoso de meu corpo, grudando a roupa em minha pele.

É Quarta-feira de Cinzas. Cinzas de um carnaval adiado pela pandemia. Cinzas de um êxtase purgatório que não queimou. Cinzas de dois anos de isolamento. Cinzas da guerra que explodiu na Ucrânia, na última quarta-feira.

Auge do verão no Rio de Janeiro, muitas vezes o suor da quarta-feira de Cinzas foi nos blocos de rua, nos estertores do Carnaval. Outras vezes foi na praia, longe da bagunça carnavalesca, curtindo a tranquilidade de um feriadão para descansar. Hoje é nas mídias sociais, indignada pelos horrores que a humanidade ainda é capaz de cometer. Como um mesmo estímulo aos sentidos pode nos levar a diversas sensações! Calor de verão, de êxtase, de paz ou de ira.

Há quase dois anos o Coronavírus nos trancou em nossas casas, nos obrigando a descobrir novas formas de interação social. Novos abraços nas memórias de conversas intermediadas pelas telas. Novos encontros viajando via Wi-Fi, em tempo real.

Este ano, nenhum som de bloco de rua me chegou pelas janelas. Nenhum engarrafamento monstruoso provocado pelos grupos de foliões, nenhum refletor brilhando nas fantasias e adereços da Passarela do Samba. Silêncio, solidão e paz. E calor, sempre calor.

Quantas transformações tivemos que fazer até sermos capazes de irradiar e sentir o calor de um abraço apertado através do sorriso via zoom, até percebermos que a solidão não está na distância, mas dentro da alma, e de novo nos encontrarmos, mesmo sem estarmos juntos.

Sensação de ausência: acordar de presença.

Sensorialidades.

De médico e de louco, todo mundo tem um pouco

Outro dia um amigo meu me disse num grupo de WhatsApp: "Não saia daqui, Alexandra Mettrau! Precisamos de sua sanidade integralmente."

Me senti lisonjeada, mas respondi: "De médico e de louco, todo mundo tem um pouco!"

Sei que, ao mesmo tempo em que ele falou sério, por outro lado estava brincando comigo, porque eu trouxe uma ponderação sobre os relacionamentos no grupo que acabou mudando o rumo da prosa. Eu não falo muito, mas quando faço uma consideração deste tipo, acabo levando para um lugar desses de seriedade, que findam com a loucura. E às vezes a loucura é necessária...

É incrível como a gente pode facilmente associar a lucidez com a sanidade e acabar esquecendo que ser lúcido demais pode ser adoecedor. Podemos ficar rígidos, dogmáticos, intolerantes...

O outro lado, o da loucura, também leva a um adoecimento, a uma alienação, nos perdendo de nós mesmos e nos misturando ao ambiente, às pessoas e às nossas fantasias. Porém, um pouco de insanidade às vezes pode trazer a leveza que nos salva de um endurecimento racional e a coragem que precisamos para sair do confortável e conhecido e dar novos passos na vida.

Mas é muito mais cômodo e lisonjeiro, ser consciente e racional do que ser considerado maluquinho, insensato, sem noção! Pelo menos, para mim. Se vocês lembrarem, no meu Brincar de Boneca[13], já confessei que me sinto uma alma velha...

Como é difícil balancear estes dois polos! Sim, porque o saudável não é achar um lugar no meio do caminho, um ponto estático onde os dois se equilibram e um não é mais forte ou mais fraco do que o outro, onde eles são iguais. Isso seria muito bonito, talvez, mas nada real. A realidade nos apresenta desafios por todos os lados, de muitas formas e a grande questão é saber responder a esses desafios. Às vezes precisamos de razão, às vezes de loucura.

Se eu fosse sempre o bastião da lucidez, acho que enlouqueceria: a mim e aos outros! Por outro lado, me entregar à insensatez me impediria de amadurecer e exigiria demais das pessoas ao meu redor.

Temos que ser loucos quando podemos e médicos quando necessitamos, de nós mesmos e dos outros.

O balanço entre essas duas qualidades é o que nos ajuda a crescer.

Então, meu querido amigo, obrigada por seu elogio à minha sanidade. Espero que ela possa ser um bom médico para o grupo, mas que o grupo continue me trazendo a leveza de ser um pouco louca, me salvando da lucidez chata, e excessiva!

Mistérios da natureza

Eu divisei o pequeno vão indistinto. Percebi com surpresa um brilho discreto através da abertura.

"Sofrimento substancializado, minha amiga. Dores e amores, tudo transforma. Nem uma pista indica nada, tenta imaginar como algo que machuca vira uma joia", pensei comigo, mirando a pérola que surgia ao abrirmos a ostra. O pensamento voou longe. Um espanto inquisitivo se exprimiu em meu rosto. Suspirei. "Os mistérios da natureza. E eu? Que fazer com o sofrimento?"

Calorosamente acolhi a compreensão que me envolvia – o mistério também está em mim, a potência para transmutar a dor aí vive e lateja. Enfrentar corajosamente meus sofrimentos me permitirá lapidar as mais belas joias de sabedoria.

Absorta nestes pensamentos, ouvi um chamado. Olhei ao redor, não vi ninguém. Devo ter me confundido, concluí. Antes que eu pudesse me concentrar novamente em minhas divagações, escutei a voz que me chamava: – Psiu! Aqui!

Sem acreditar, mais uma vez olhei ao redor para me certificar da direção do som. Perplexa, olhei para a concha. O pequeno molusco se retorcia como uma língua lá dentro, buscando minha atenção: – Aqui mesmo! – me disse. – Vai ficar aí só pensando? O que você tem feito com todas essas caraminholas que surgem na sua mente fértil?

Enquanto eu tentava voltar a mim, mirei a pérola que, sem dar tempo de me refazer do choque da ostra falante, começou a crescer. Foi crescendo e se desencrostando, libertou-se da concha e liberou-a de seu peso, enquanto aumentava em tamanho e brilho avançando para fora da ostra, da mesa, do galpão...

A pequena língua seguiu me dizendo: – Quando a metamorfose está pronta, a pérola tem que sair, senão vai me pesar e apodrecer comigo quando eu morrer. Agora ela pode ser vista e irradiar seu mistério. Nem todos vão compreender, mas certamente, todos que a virem serão tocados por ele.

Eu ainda não podia acreditar. Extasiada e confusa, ouvia o pequeno molusco me dando lições de sabedoria autobiográfica, enquanto seguia com o olhar a trajetória da joia, que continuava crescendo. Conforme ela aumentava de tamanho, suas marcas se faziam notar: alguns defeitinhos invisíveis, quando pequena perfeição, agora nítidos caminhos, maravilhosas cicatrizes. Rastros do processo de virada que embeleza o sofrimento.

De repente, me dei conta do cair da noite e, estupefata, vi o globo nacarado agora subindo no horizonte. Lua cheia, perolada, brilhante, manchada.

Centelha de luz! As manchas do nosso satélite são marcas de seu processo de formação. As marcas que o embelezam e que nos mostram: um coelho, São Jorge derrotando o dragão, ou mesmo uma madona! Tudo isso é a Lua e está nela. Todos os caminhos percorridos até ela atingir sua magnificência.

Com este pensamento distingui mais uma forma no belo disco iluminante – um sorriso e um piscar de olhos – a Lua me sorriu aquiescendo!

Fechei os olhos com força, tentando reter todas essas impressões e organizar meu pensamento. Quando reabri, na minha frente, pequena ostra com sua brilhante pérola e novo significado surgiram. No céu, a Lua, já mais alta e sábia, iluminava a escrivaninha onde me sentei com uma ideia na cabeça e uma caneta na mão...

Segredos de uma roseira

Eu gosto muito de passear ao ar livre e os dias de outono aqui no Rio de Janeiro são particularmente propícios para isso: céu de um azul límpido, vegetação plena, tapetes coloridos de folhas e pétalas pelo chão, clima seco e ameno, enfim, uma natureza que, apesar de estar se preparando para encerrar um ciclo anual, não muda tão drasticamente quanto nos países temperados e frios, pois serena, ao invés de morrer.

Outro dia ia eu apreciando a beleza outonal quando me deparei com duas figuras, no mínimo raras, que me chamaram a atenção: um senhor careca, sentado na posição de flor de lótus, vestido como um sábio hindu que parecia Krishna[14] saído do Bhagavad Gita[15], admirando uma roseira e um jovem senhor, vestindo sobrecasaca azul e calças amarelas, parecendo o próprio Werther[16] de Goethe, em carne e osso, que, ao invés de se suicidar, saiu do livro e amadureceu, vindo parar aqui para observar a mesma roseira, mas de forma muito diferente, pois ele olhava atentamente, desenhava, mudava de posição mirando-a de outro ângulo e desenhava novamente, tocava, cheirava, fechando os olhos para absorver melhor as sensações, muito lenta e cuidadosamente, como se a estivesse escutando.

Não pude resistir e me aproximei. Fiquei algum tempo vendo esses dois personagens, que, apesar de não falarem nada, pareciam estar, de alguma forma, interagindo. Um misto de curiosidade e admiração me fazia vacilar entre contemplar a cena ou querer perguntar quem eram e o que estavam fazendo. Minha natureza respeitosa me dizia para não interromper o que parecia ser muito importante e requerer extrema atenção e paciência.

Esperei.

Werther, depois de algumas voltas ao redor da roseira, complementadas por observações com todos os sentidos e desenhos e anotações precisos, sentou-se e ficou só pensando durante um tempo, até que sorriu largamente, com um ar de quem de repente havia tido uma grande revelação e compreendido tudo!

Krishna ficou todo este tempo em posição meditativa, no início apenas contemplando a roseira, depois fechou os olhos por uma eternidade, até que se moveu e virou delicadamente para seu companheiro.

Eu não consegui me atrever a interrogá-los, mas o olhar caloroso e sorridente que trocaram ao final me deu a impressão de que ambos, cada um a seu modo, haviam decifrado todos os enigmas que uma roseira esconde. E eu, sem saber se sonhei ou se de fato encontrei este sábio da antiga Índia e este erudito contemporâneo de Goethe, guardei no meu coração as muitas formas de escutar os segredos de uma roseira.

Dança com os elementos

Sinto a resistência do vento. Sigo adiante lentamente, na contracorrente do mar e do ar. Mais fácil seria me entregar, deixar que o vento dite a direção para onde seguir, deixar que ele me leve ao sol poente, ao descanso refrescante de Apolo[17] e seus fogosos cavalos no oceano.

Ainda não é chegada a hora. A luz do dia ilumina o céu em toda a sua extensão, embora já surjam vislumbres de cores frias onde, em breve, a lua e a noite se erguerão para reinar.

Sei que devo seguir. Sei que devo encontrar a vida que pulsa entre os cascos de barcos ancorados junto ao píer. Lá ficarei um pouco mais protegida. Por enquanto é uma questão de seguir remando contra a correnteza, mas sem brigar com o vento. Deixar que ele defina a velocidade de meus avanços. Sentir o frescor de suas carícias em meu rosto, em meus cabelos, em meu corpo. Sentir a liberdade de saber que posso seguir, mas não preciso correr, não preciso lutar com as forças da natureza. Ao invés de confrontá-las, amá-las e ser amada por elas.

Nessa conversa com os elementos, aos poucos entro na enseada. Sei que cheguei ao meu destino, pois as tartarugas vieram me saudar em sua subida à superfície para respirar. Quatro, cinco belas cabeças, emergem, em diferentes momentos e locais ao meu redor, como que dizendo: – Você voltou! – Me deixo ficar. Me deixo encantar pelas saudações e me delicio parada, imóvel, uma vela num momento sem vento, na imensidão do mar.

A liberdade de ir, em um diálogo profundo com o ar, a luz, a água, o calor do sol. A liberdade de saber que não posso chegar a lugar nenhum se eu não ouvir e respeitar o que eles me dizem e me impõem. A liberdade de me fazer respeitar em minha pequena meta de chegar às tartarugas. A dança com os elementos.

Contemplo o mar e o céu. Agora as sombras já se ergueram sobre os montes e só me resta capitular. É hora de voltar e posso me entregar ao vento que, carinhoso, me direciona ao sol poente, me leva de retorno ao porto de onde parti. Não preciso mais resistir, basta que eu, de vez em quando, corrija um pouco a rota, para não ir para alto-mar.

É chegada a hora. À minha frente o róseo-dourado das nuvens esparsas no céu me dizem que Apolo finalmente terminou sua volta pelo firmamento diurno e o fogo de seus corcéis sobe em brasas ao tocar o mar. Às minhas costas deixo os violetas emoldurando a subida de Selene[18], que traz a noite, em seu enorme disco alaranjado. Obedeço, volto à casa.

O dia se faz noite e o mar se faz onda, que suavemente rebenta na praia, me entregando a meu destino.

Imobilidade

É noite. Sei porque há um reflexo luminoso na poça embaixo do poste. Sei porque ao redor da luz tudo é negro, tudo é parado. Só o brilho tênue dança sobre a lâmina d'água.

Algo se move, pois sombras se insinuam modificando a dança luminosa. Serão pessoas em passos rápidos, buscando consolo em uma noite chuvosa, na tentativa de aquecer a falta da luz que o dia levou para outro canto do mundo?

Ou serão simplesmente coisas: um saco de plástico voando com o vento que agita a água bailante e faz a sombra se insinuar na dança tremeluzente? Ou seres ínfimos que passam sem objetivo, sem consciência, simplesmente passam ao acaso modificando a pequena paisagem da janela de meu quarto de hospital?

Mobilidade intemporal

Fim da tarde. Ouço uma música. Vou ao seu encontro. Na lateral da praça, um músico de rua toca seu violão. Sento-me nos degraus da rua, apreciando o concerto.

Tudo silencia, apenas os acordes do violão soam em meus ouvidos. Tudo desaparece, inclusive o músico, diante da paisagem que o rodeia: belos corpos em movimentos ágeis, estáticos em seus pedestais.

Emoções eternizadas transbordam a cada instante: luta, rapto, inspiração, fuga. Em cada semblante a beleza da dor, da ira, da paixão ou da conquista. Imensas testemunhas da passagem do tempo. Jovens, intemporais, imortais.

Nas horas do cair da tarde, a escuridão da noite me encontra entregue, vítima cativa de eternidade na contemplação das esculturas da Piazza della Signoria[19].

Brilho instantâneo

De repente, uma luz. Uma pequena luz brilha no banheiro. Tudo ao redor está escuro. É noite fechada. Fora, na casa, as luzes dos outros cômodos. Fora, na rua, as luzes dos postes de iluminação pública. Mas, no banheiro, nenhuma luz acesa e, no entanto, brilha uma pequena luz.

Será uma faísca da tomada? Será algo pegando fogo? Entro para investigar, mas já não há luz. Busco-a. Nada. Vazio.

Quase desistindo, dou uma última olhada.

De repente, uma luz. Uma pequena luz pisca num brilho instantâneo. E de novo. E de novo. Enfim, resolve-se o mistério: um discreto vaga-lume clandestino, fora de seu ambiente, embeleza minha noite.

Tempo de escrever

Escrever é assim como colocar algo de si no mundo. Escrevo para me concretizar. Como se eu não fosse concreta...

Sim, a concretude do corpo, das ações realizadas, das palavras ditas. Tudo isso me concretiza, mas me coloca em relação, me traz de volta consequências nos encontros, na forma como o mundo responde.

Mas escrever... Escrever me conecta comigo mesma. Me concretiza para mim.

Se eu mostrar meus escritos, o mundo vai responder também, mas antes disso acontecer, eu me deparei comigo, e reagi ao que vi de mim. E pude mudar, contestar, questionar, transformar, negar, aceitar.

Pude enfim, me enxergar nas memórias que fluem para um conto, nas emoções que se transformam em poesia, nos pensamentos que se fazem imagens... Transbordando em jorros de palavras, expressões e significados que talvez eu nunca de fato notasse, se eu não escrevesse.

No papel, nas linhas, enquanto escrevo e depois quando leio, posso finalmente pegar meus pensamentos, minhas emoções, minhas vontades. E se eu posso pegar, posso me relacionar com eles.

Por isso escrevo. Para me concretizar e poder me pegar. Concretizar o que tenho de mais sutil, essencial, impalpável: Eu. Pegar a essência dessa individualidade que se doa e se esvai... Pegar assim com a mão, com o papel e a caneta. Alcançar o que não se esvai, mas que também não se materializa.

Agora chegou a hora de expressar isso. Esse algo que é meu, só meu. Que só eu tenho, ou melhor, que só eu sou. Ou ainda: que só eu tenho porque só eu sou.

É tempo de escrever.

Provocação!

A tela branca, vazia. Poderia ser a folha em branco, mas hoje em dia é bem comum eu escrever direto no computador. Sento com o teclado sob minhas mãos e o monitor à minha frente e ela me olha. Branca, ansiosa. Às vezes a expectativa é tão grande que me angustia e me envergonha, fico sem saber o que dizer, ou melhor: o que escrever. Quase posso escutá-la me desafiando convidativa: "Vamos! O que você vai escrever hoje? Quais palavras afagarão minha superfície? Que temas avivarão minha luz?"

– Quase podes me escutar? Tu pensas que não estás me escutando? Pensas que é tua imaginação? O que achas que eu faço enquanto estás longe? Eu espero. Sonhando com a eterna promessa do momento em que virás e eu estarei novamente viva. E sim, quando tu chegas, eu te desafio. Te convido e te desafio a me revigorares aquecendo meu brilho morto. Quantas eternidades passam a cada ausência tua! E quantas vidas eu posso inspirar com o cálido alento de teu espírito!

Anda, o que fazes aí lerda, hesitante? Meu alvo anseio te constrange e angustia, disseste. Deveria animar-te! Sim, sei que te anima, pois, quando te aventuras corajosamente a romper o enfadonho gelo de minha fixidez, posso sentir a luz viva que levarei de ti aos teus leitores! E posso imaginar as belas pontes que construirei entre vocês.

Acaso pensas que tens o direito de emudecer ante mim? Não, não tens! Tanto mal é feito de meu uso, tanta dor se propaga através de mim! O que levarei à humanidade se não tiveres coragem de me profanar com a beleza de tuas palavras e pensamentos? Nem sempre parecerá belo, mas sempre será verdade.

Crês que porque há outros que escrevem, talvez até melhor que ti, com verdade e beleza, és dispensável? Não caias em minha ilusão, iludir: isso é o que sei fazer de melhor! Aceita meu desafio! Rasga minha brancura, atravessa meu resplendor, mancha minha lucidez com as imagens de teus pensamentos, de tuas memórias, de teus inventos. Cria! Dignifica-me!

Cada linha, frase, parágrafo que imprimes em meu vazio me faz digna. Digna de ti. Digna de quem, como tu, quer fazer de mim um instrumento de conexão, ao invés de destruição. Defloras minha virginal brancura não como o ladrão violador de quem espalharei o sangue e a violência de minha desonra, mas como o doce amante de quem levarei o encanto e o amor. Muitos como tu são necessários para limpar as máculas dos meus corruptores. Não te esquives de teu poder: recria-me! A cada novo escrito teu em meu luminoso vazio, recria-me! Permitas que eu exista sempre de novo e nova ao te lerem em mim, ao se inspirarem em ti, através de mim. Toma posse de meu teclado e torna-me bela, colorida em imagens e sentimentos.

Escreve!

Rendição!

Por um momento pensei: "estou louca!", ao perceber que falava comigo. Me senti em um filme de Buñuel[20] e Dali[21]. Exceto que no tempo deles não havia computador... mas havia telas. As que se prostravam diante de Dali esperando sua primeira pincelada ou as que aguardavam ansiosas pelas palavras dos roteiros de Buñuel. E me dei conta de que esse diálogo deve ter acontecido muitas vezes também entre eles, e muitos outros artistas, com seus alvos espaços de criação.

Sim, porque não é fácil romper a brancura perfeita que me encara. É arriscado demais macular com uma falha o que, de outra forma, seguiria estável e pronto para outra pessoa que não errasse. Disse Kandinsky: "Maravilhosa é a tela vazia – mais bela do que certos quadros[22] E certamente também mais bela do que certos textos. Como posso me atrever a enfeiar o que em si já é uma maravilha, pois contém todas as possibilidades? Quando eu escrever, terei escolhido uma e descartado todas as outras. Escolhi a certa? Posso exprimir verdadeira e belamente o que me vem à mente?

E, além de tudo isso, você vem e me desafia com uma responsabilidade que não sei se logro corresponder. Tenho razão em hesitar... quanta expectativa tem em mim! Assusta-me! Mais do que eu a mim mesma.

Muitas vezes olho para você e nada me vem à mente e isso me frustra um pouco, porque eu espero de mim cada vez melhores textos, e prontidão constante para escrever. Como se criar fosse só decidir e começar, como se a inspiração estivesse sempre aqui, do meu lado, bastando chamar que a Musa[23] sopra algo no meu ouvido.

E hoje, ao responder sua provocação, a Deusa me traz inúmeros artistas que pensaram e realizaram o belo. Agora vem Picasso, e me diz que "a inspiração existe, mas tem que te encontrar trabalhando"[24]. Todos a me rodear, compreendendo meu medo, mas me incentivando a seguir, porque se eles não tivessem aceitado o desafio de suas telas brancas, não teriam escutado as Musas que os inspiraram nas mais belas obras.

Agora ouço leitores discordando da beleza de algumas criações de Picasso, Dali, Buñuel, Kandinsky e tantos outros controversos artistas. Mais um obstáculo que eu me imponho: o medo do julgamento. Se o leitor não gostar do meu texto, ele será menos belo?

E já ouço seu contra-argumento: – Ele será tanto mais belo, quanto mais verdadeiro. Pensas que a verdade está encerrada em um só ponto de vista? É possível que discordem de ti, porque não olham pela mesma perspectiva que tu olhas, mas isto faz a tua mirada menos exata? Talvez a faça incompleta, imperfeita, mas não menos fiel. Teu escrito só será feio se o quiserdes impor como a única realidade. Acaso todos esses grandes artistas não tiveram que enfrentar as mais fortes oposições? Quem és tu para te furtares de expressar a tua mais profunda essência? O que diz teu grande amigo João? "Carece de ter coragem. Carece de ter muita coragem..."[25]

Nenhuma criação existe sem sofrimento. A dor de uma mãe ao parir seu filho, a dor de um artista ao criar sua obra. Não sei o que vai ser, aonde vai, quem vai encontrar, só sei que sinto algo que quer vir ao mundo e que só eu posso trazer. Outros talvez criem mais e melhor, mas nunca o que eu criaria. Se eu não tiver coragem, não enfrentar meus medos, minhas dúvidas, minha vergonha, minha pequenez e minha arrogância, que me fazem sofrer, nunca poderei escrever algo belo. Belo porque nasce da verdade de minha imperfeição e incompletude, que eu decido encarar e reverenciar, expressando-a. Que seja bela porque verdadeira é.

Humildemente, me rendo.

Escrevo!

Fera!

Um prazer simples da vida, para mim, é fazer carinho nos meus bichos. Qualquer um deles. Os gatos, os cachorros. E os bichos que moram dentro de mim. Se bem que nos meus animais internos não é simples, nem prazeroso, em princípio. Só depois de conseguir é que eu vejo que era tão fácil! E se era assim, por que foi tão difícil? É difícil porque tenho medo, vergonha, tristeza, rejeição. Porque o bicho pode ser feio, monstruoso, bravo, gigantesco, ou frágil, ínfimo, insignificante, ordinário. Ele pode me atacar, pode me fazer atacar os outros. Por outro lado, pode ser que eu o machuque, se ele for vulnerável demais. É difícil porque eu não o conheço, porque eu tenho tanto medo dele que eu acabo ignorando-o e, assim, desconhecendo-o.

Mas antes de eu ter meus deliciosos gatos e cachorros, eu também não os conhecia. Nem eles a mim. Lembro quando cada um chegou, como, num ato de coragem e amor, eu me aproximei e os conquistei. Hoje, fazer festa na mandona Frida ronronante, na Ella reclamona, no Elvis brincalhão, na Mavie sapeca e no doce gigante Chagall é um descanso na loucura diária, um minuto atemporal de presença e conexão.

O Chagall, por exemplo, foi um impulso imediato e imperioso de compaixão por um cachorro enorme e amedrontador que chegou na minha casa confuso, cansado e assustado depois de passar um dia vomitando e mijando no transporte que o tirou da natureza onde morava e o levou para a apavorante e barulhenta cidade grande. Impulso que me fez abraçá-lo sem sequer pensar nas consequências. E ele reconheceu e retribuiu esse amor imediato. Depois desse primeiro encontro, ele ainda demorou algumas semanas para realmente confiar em mim, mas o amor daquele primeiro dia eu revejo a cada olhar que ele me lança.

Assim como o Chagall, os animais internos que eu já reconheci tornaram-se amorosos e agradecidos por terem sido vistos. Continuam com sua natureza selvagem, como o Chagall continua com a dele, mas se entregam a uma mudança, a um controle pacífico e sinto o prazer de hoje poder afagá-los sem medo, porque sei quem são.

Os bichos que antes me apavoravam, agora reconheço em suas forças e características. Foi difícil e doloroso chegar perto deles, mas depois que cheguei pela primeira vez e os vi, a cada um, posso, assim como com o Chagall, acarinhá-los porque confiamos que o amor que temos um pelo outro pode nos transformar sem nos anular.

Sabor das intempéries

Eu adoro Florianópolis. Sempre que chego lá tenho a familiar sensação de estar em casa. Tem uma atmosfera muito carioca, só que em menor escala, então sinto que ainda mantém o aconchego que o Rio já perdeu. Várias vezes pensei em como seria bom morar lá. Mas, numa semana que passei na cidade, o tempo mudou tanto: teve sol escaldante; tempestades furiosas; ventanias desenfreadas; frio de rachar e sol abrasador de novo, que eu decidi que não é lugar para mim porque não gosto de ficar sujeita às intempéries.

Intempérie. Sempre gostei dessa palavra.

Não sei exatamente o que, mas algo nela me passa um ar de nobreza e elegância.

"Ficar ao sabor das intempéries." É assim como estar à deriva, perdido em alto-mar, e ter que se submeter à imprevisibilidade do tempo e das condições.

Deriva também é uma palavra bem legal, mas não vou me sujeitar às intempéries vocabulísticas derivando para outra palavra. Pode ser que mais tarde as condições do texto me joguem de volta a ela.

Por enquanto, sigo atracada no porto inicial, sujeita a mau tempo, borrascas (que palavra deliciosa!) e tempestades.

Sim, porque intempérie é mau tempo, condição desfavorável, desgraça. Já viu que significado mais limitado para uma palavra tão linda? Parece que ela fica sujeita a uma definição externa, limitante, opressora. É como tentar prender o vento numa garrafa. Ele vai parar de se movimentar e vai se reduzir a ar.

Pois é, mau tempo reduz a nossa protagonista a algo infeliz. Para mim, ela é infinita. Ela não se limita a definições e julgamentos, ela se nos impõe. Ela me joga de um lado para outro, me tira o conforto da previsibilidade, me assusta e me encanta.

Ela me mostra que é muito maior do que eu e me dá a chance de capitular, me entregar ao mistério que me envolve. Assim, ela me permite me entregar a Deus e, quem sabe, encontrar o Deus em mim.

Depois da tempestade...

Diz-se que vem a bonança. Calmaria, tranquilidade, paz. Mas se fosse só isso, poderia ser monotonia também. E, pelo início da palavra: bon-ança, logo podemos pensar em bon-dade: calmaria boa; felicidade; sorte. Uma bondade do destino, depois de ele ter enviado a tempestade.

Pode até ser que o destino tenha mesmo este hábito de "morder e depois assoprar", mas eu fico pensando como nós próprios é que acabamos produzindo as tempestades e calmarias em nossas vidas, trazendo venturas e desventuras.

Justamente hoje, quando eu me sinto plena e feliz com esse dia que, literalmente, trouxe a bonança depois da tempestade, nos acontecimentos da vida em família estamos com alguns pepinos chatos, que, para meu marido, têm um clima de temporal e acabam provocando raios e trovões emocionais.

Mas não vou falar das tempestades anímicas, pois quero contar como estou realmente vivendo este ditado "depois da tempestade vem a bonança", já que o dia está lindo e quente e a praia espetacular, sem vento, sem onda, perfeita para o SUP[26], depois de dois dias inteiros de chuva forte e frio.

Com esse calorzinho outonal, fiz uma pausa no meio do expediente para fotografar o tapete pink das flores de jambo sob o jambeiro, na rua que leva à praia, e não pude resistir a visitar o mar. Mar de bonança, calmo, sereno, luminoso. O sol brilhando nos vestidos espumosos das pequenas ondas bailarinas dançando sobre a areia.

Antes da tempestade, eu vim. Cheguei no meio da noite numa abóbora-carruagem puxada por cachorros-cavalos e conduzida pelo príncipe-cocheiro. Esperei ansiosa pelo amanhecer para voltar ao mar. Quando voltei, foi como se nunca tivesse ido. As ondas banhavam meus pés saudando minha chegada e me trazendo conchas e algas de presente.

Pequenos animais marinhos pareciam me chamar para entrar no vasto oceano que me acolhia. Entrei. O mar me recebeu e me levou para rever as tartarugas marinhas e peixes voadores que há tanto tempo eu não encontrava. Durante dois dias não vi o tempo passar, não senti o peso da vida, as responsabilidades e demandas de trabalho e família. Foi como ser novamente uma criatura do sol e do mar.

Mas chegou a tempestade. O vento sibilava e agitava as ondas outrora calmas, levantando águas para a formação de espessas e carregadas nuvens de chuva, subitamente me expulsando do mar e me prendendo em casa para me proteger.

Fiquei à espera. Fiquei à deriva? Antes, no mar totalmente encontrada, agora em casa perdida? Só durante o susto, com a sensação de prisão imposta pela tormenta. Só até ver a beleza da água rasgando o céu, nutrindo a terra, chorando a paixão e morte de Cristo[27], lavando os pecados que Ele perdoou. Nem sei por que enfiei a Semana Santa aqui, provavelmente porque foi na noite da sexta-feira da Paixão que a tempestade chegou. E ficou até o final do domingo de Páscoa[28]. E a segunda-feira amanheceu bela, quente e boa. Cheia de vida, como é de se esperar da ressurreição.

Lua de Páscoa!

Hoje a lua ficou cheia. Eu, apaixonada pelos astros como sou, estava na praia, na minha prancha de *stand-up paddle*[29], encantada vendo o sol se pôr enquanto esperava para admirar o nascimento da Lua, que subiu completamente cheia, gigantesca e alaranjada, brilhando dourada sobre o mar.

Tenho muito que agradecer, por ter o privilégio de, mais uma vez, testemunhar a lua cheia de Páscoa relaxando um pouco neste lugar que me é tão especial. Apreciar, embevecida, o dia se tornar noite ao observar o sol entregando sua luz para a lua é realmente uma dádiva!

Não sei se você sabe, mas a Páscoa e a lua possuem uma relação muito íntima!

Já reparou que sempre tem lua cheia na Semana Santa? Todo ano? Do Domingo de Ramos até o Sábado de Aleluia, em qualquer um destes dias, dependendo do ano, teremos o privilégio de presenciar o disco completo subindo e iluminando a Semana da Paixão.

Que a Páscoa é uma festa que não tem data fixa, imagino que você já tinha notado. Quando eu era criança, me explicaram que é porque ela acontece 40 dias depois do Carnaval e, como o Carnaval não tem data fixa, a Páscoa também não.

É, aqui no Brasil o Carnaval comanda tudo!

Será?...

Vejamos... como se define a data do Carnaval?

Pasme, querido leitor, mas é justamente o contrário! O Carnaval é que é marcado pela data da Páscoa. Quarenta dias antes. Isso nos leva de volta à lua. E nos traz um novo elemento: o equinócio de março. Sabe? Aquele momento do ano em que dia e noite têm a mesma duração marcando a mudança da estação. No hemisfério Norte a reclusão do inverno dá lugar à exuberância da primavera, no Sul, o calor estival se ameniza para receber a serena beleza outonal.

Pois bem: a data da Páscoa é fixada pela lua cheia que acontece depois do equinócio de março. O primeiro domingo depois dessa lua é o Domingo de Páscoa.

Antigamente estávamos muito mais conectados com os ritmos da natureza. Nosso GPS era a percepção dos movimentos das estrelas, nosso calendário agrícola eram os equinócios e solstícios que marcavam as mudanças das estações.

Assustados e temerosos de que a noite invernal não mais se fosse, nossos antepassados se reuniam ao redor do fogo, compartilhando calor, proteção, alimentos e histórias, suplicando aos deuses pela vitória da luz sobre a escuridão. Quando dia e noite se igualavam no equinócio de primavera, que alegria! Em breve a terra estaria pronta para ser novamente fecundada. Mas faltava algo: as noites, apesar de menores, eram ainda escuras e frias, até que... a lua cheia subia no céu celebrando a volta da força solar fertilizante!

A lua, feminina, acolhedora, nutritiva, plena, cheia, culminante! Fecundada pelo sol ela reflete o momento em que a terra se torna fértil e pronta para gerar nova vida brotante, após um longo período de esterilidade invernal.

Como a mãe que nos dá nosso corpo, a primeira lua cheia da primavera anuncia o momento de renascimento da vida na terra.

A Páscoa também é uma celebração de volta da vida, mas não na natureza e sim no ser humano Jesus Cristo. Em 3 dias, tudo o que acontece lá fora, todos os anos, no fenecimento invernal e renascimento primaveril, se passa dentro de Cristo, na morte da Sexta-feira Santa e ressurreição do Domingo de Páscoa.

O que antes vinha de fora, a luz solar fecundante do nutritivo ventre lunar oferecendo a abundância primaveril, agora age dentro, transformando o corpo material gerado pela mãe Maria em um novo corpo de luz.

Desde então, a cada ano, assim como nossos antepassados, nós ansiamos pela vitória da luz sobre a escuridão, porém, não na natureza, mas em nós próprios! Esperançosos, almejamos pelo nascimento do novo Sol, do Sol Interno, do Sol que a partir do sacrifício de Cristo pode nascer em cada ser humano.

Assim como Maria testemunha a morte e a ressurreição de seu Filho, assim também a Páscoa só pode acontecer após a Lua Cheia, pois a Lua, em toda a sua potência e esplendor, reflete o momento em que o corpo humano pode ser transformado e iluminado a partir de dentro.

E a Lua Cheia é a testemunha que, a cada ano, após o equinócio de março, nos lembra que o Sol interior está para nascer e que devemos nos atentar para percebê-lo e desenvolvê-lo em cada um de nós.

Doze degraus

Foi na madrugada das eras. Eu nem sabia seu nome. Nem sabia o meu nome. Nada e tudo era o mesmo. Surgiu um clarão no céu e ele teve a ideia. Sabia que seria difícil, mas sabia ser crucial. Não pensou duas vezes: entreteceu o lume celeste com a lã de seu carneiro e urdiu o gorro que o protegeria do frio na longa jornada. Cruzou o portal sem olhar para trás.

Começou a descer a íngreme escada, mas, na fria escuridão, se sentiu só. Virou o pescoço e olhou ao redor. Divisou sutis movimentos através da trama do capuz. Não pôde conter na garganta um frêmito de assombro e reconhecimento. Reconfortou-se com um gole de leite e seguiu obstinado.

Já se dava a manhã dos tempos. Levou as mãos ao rosto para se proteger da luz e surpreendeu-se ao descobrir que tudo estava fora dele. Exultante de alegria, tocou-se de ser ele próprio e, leve como uma criança, saltitou degraus abaixo.

A luz do gorro oscilou, recordando-o da missão de que se encarregara. Sentiu que deveria acalmar-se e providenciar algo para acomodar melhor o lume. Já ao meio-dia, protegeu o clarão celestial em uma caixa que tramou ao redor do próprio peito.

Protegida, a luz se fez flama e irradiou calor para todo o seu corpo.

Sentiu fome e sede! Maravilhou-se diante da possibilidade de nutrir-se transformando os frutos da terra em substância própria! Fez do trigo pão e da uva vinho, e se saciou.

Percebeu que agora podia equilibrar a luz que trazia, por ter construído e mantido o corpo que a carrega.

Ao cair da noite, no encontro de luz e substância, surge sombra. E dualidade. Sabe que precisa vigiar para não se deixar envolver pelas trevas, nem esmorecer diante do peso que terá de carregar para cumprir sua tarefa.

Corre com o vento indômito.

Escala íngremes montanhas.

Irriga áridos desertos.

Frutifica profundos oceanos.

Entrega-se dádiva luminosa para nós. Nasce Menino-Sol iluminando a meia-noite dos tempos.

A cada Natal, nasce de novo nos convidando a reluzir.

Eu e o Mont Saint-Michel[30]

Férias!

Tirei férias!

Bem, não exatamente, mas, aproveitando uma viagem de trabalho para dar um curso na Conferência Mundial de Biografia, na Finlândia, dei uma esticadinha para conhecer alguns lugares sagrados no mundo. O que também não posso considerar totalmente férias, uma vez que a viagem acabou tendo um cunho de estudo: conhecer os lugares dos antigos mistérios cristãos, celtas e pré-históricos, mistérios que estudamos na Antroposofia.

Pois é, então, cadê as férias, férias mesmo, de descansar e não fazer nada?

Engraçada a ideia de férias que cada um faz. De novo, me pego pensando no significado das palavras. Neste caso, a palavra férias. Normalmente pensamos em feriado, festa, e associamos a um momento de sair do trabalho e descansar, fazendo qualquer coisa, menos trabalhar!

E é assim quando somos crianças, adolescentes e jovens adultos: viajamos ou, mesmo que não, ficamos todo o tempo das férias fazendo algo que seja gostoso, divertido, relaxante, e que nos faça esquecer a escola e o trabalho.

Depois, no início de carreira, as férias servem para provarmos aos nossos chefes e, principalmente a nós mesmos, que somos trabalhadores e eficientes. Nessa época, nem durante as férias nos desconectamos do trabalho.

Aí chega um momento da vida em que as férias são para fazermos o que realmente queremos, não importa se está relacionado com o trabalho ou não. Até porque, o ideal a partir de uma determinada etapa, é trabalharmos com o que gostamos, o que nem sempre acontece, mas comigo aconteceu. Eu trabalho com o que amo e não me canso de querer conhecer tudo o que orbita minha visão de mundo e que, consequentemente, enriquece minha atuação profissional. Portanto, passei minhas férias fazendo o que mais gosto: viajar e conhecer tudo o que eu estudo e que está espalhado em diferentes lugares e culturas!

Férias, mesmo, eu tive que tirar da internet, o que foi ótimo, mas que foi meio forçado, porque a internet praticamente não funcionou. Aí, eu não tive outra opção, senão relaxar e aproveitar.

Agora estou de volta e quero começar contando uma das experiências mais fortes da minha vida! Conhecer o Mont Saint-Michel!

Eu e o Mont Saint-Michel

Pôr do sol

Desde adolescente, quando vi um documentário[31] sobre o Mont Saint-Michel, fiquei fascinada e sonhando em um dia conhecê-lo. Depois, vi o filme *Ponto de Mutação*, que se passa lá e a vontade cresceu. A partir dos meus 26 anos, comecei a estudar Antroposofia e o Arcanjo Micael[32] é uma das principais referências para nós. Desde então, além da vontade de visitar este lugar especial por suas características geográficas e históricas, surgiu o interesse em ir até ele para conhecer uma das moradas terrenas do Arcanjo.

Este ano apareceu a oportunidade que eu tanto esperei. Eu e duas amigas parceiras de trabalho decidimos esticar a viagem da Conferência Biográfica Mundial para passar uns dias conhecendo lugares sagrados na França. A primeira sugestão da Mônica foi o Mont Saint-Michel. Óbvio que imediatamente eu topei! – Finalmente vou ter a chance de realizar o sonho da vida toda! – Preparamos um roteiro muito especial, alugamos um carro, assim que chegamos no aeroporto de Paris, e partimos para uma viagem de quase 2 semanas na Normandia e na Bretanha, voltando por Chartres e Paris, antes de ir para a Finlândia.

Nossa querida Mônica é uma viajante experiente: pesquisou a data da máxima maré e marcamos para estar lá nos dias de maior diferença entre a cheia e a vazante.

Tudo pronto, vamos! GPS regulado, lá fomos nós. Primeiro fomos a Giverny, vimos a super lua nascer sobre o Sena, visitamos os Jardins de Monet e as ruínas do Castelo de Ricardo Coração de Leão. Muito especial, mas não é o nosso tema hoje.

Próxima parada: Mont Saint-Michel!

Chegamos bem tarde, quase noite, a maré já estava começando a vazar, mas era magnífico ver de longe aquela cidade murada sobre um monte, dois quilômetros à frente, cercada pelo mar. Atravessamos a ponte andando, parando para admirar o pôr do sol que, a cada minuto, pintava novas cores no céu refletidas nas águas abaixo de nós.

Finalmente me vejo na entrada do Mont! Que grandiosidade! De longe, olhávamos para a frente e víamos todo o desenho da cidade com sua abadia no cume da montanha, mas aqui, no limiar dos portões, uma sensação de infinito me invade: a areia recém-banhada sob meus pés e a torre e Saint-Michel nas alturas celestiais sobre minha cabeça! Discretas lágrimas rolam de meus olhos. Infinitamente pequena me sinto! Mas também incrivelmente plena e integrada à grandiosidade que me acolhe! Familiaridade e reverência me invadem e sinto a necessidade de silenciar.

Logo em seguida, como uma criança que descobre algo pela primeira vez, comecei a subir a rua, olhando, cheirando, sentindo. Curiosidade e alegria! Mas também fome! Quase 10 horas da noite, tudo fechado, nenhum lugar para acalmar o estômago... Me alimento, então, de beleza e devoção.

Assim, sigo subindo, agora pela murada, perseguindo as luzes no céu que me levam a testemunhar um dos mais belos anoiteceres de minha vida. Seguramente um dos mais emocionantes! Belenos[33], o olho que tudo vê, mergulha no mar levado pela maré baixa ao distante horizonte, após cruzar o céu de leste a oeste, junto com seu cavalo. O deleite refrescante de seu fogo abrasador esparge laranjas pelo azul-violáceo crepuscular que recobre a abóbada celeste como um tapete de boas-vindas para Cerridwen[34]!

Descendo pelo muro, vou seguindo o bailado de verdes e magentas sobre as areias úmidas da maré vazante, que é projetado pelo encontro das primeiras sombras com as últimas luzes ao redor do Monte.

Rejuvenescida e encantada, volto com minhas amigas para nossa pousada.

Amanhã voltaremos para uma visita diurna. Que surpresas me aguardarão?

Eu e o Mont Saint-Michel

Reconhecimento

Desperto no dia seguinte, ainda encantada após minha primeira experiência no Mont Saint-Michel. Hoje o visitaremos novamente, desta vez chegando mais perto do céu, para encontrar o Arcanjo em sua abadia.

Com alguns quilômetros de caminhada pela frente, melhor aproveitarmos bem o café da manhã. Ovos, torradas, queijos franceses, geleias, croissant! Alegria invade o nariz e preenche a boca, transbordando deslizante em direção ao estômago. Como diria meu pai: "comi como um nobre francês!" Energizada e curiosa, estou pronta para o tão aguardado encontro!

Ao sair da pousada, lá está ele, majestoso no horizonte, imponente, eterno! O mesmo de ontem, ainda assim, tão diferente! Sob a luz do dia, novas nuances surgem e ele se revela um pouco mais, me chamando. Sim, já vou!

Começamos a caminhada, sempre acompanhadas de sua onipresença. Ao longo do caminho, flores, plantações, tudo vai se destacando e embelezando a jornada. Nada nos desvia, nosso objetivo nos acompanha, quase posso senti-lo caminhando ao nosso lado, apesar de sua imponente permanência.

Mesmo à distância, tonalidades de amarelo pintam os acinzentados de ontem, um azul radiante envolve todo o ambiente, nos conectando e diminuindo a distância entre nós, e incontáveis verdes surgem no encontro dos pastos e plantações com a ondulante maré que já começou a baixar, refletindo, aqui e acolá, areias e prados que se bronzeiam.

O brilho do dia sobre o mar vai me levando. Começo a perceber, intrigada, pessoas à beira d'água. Que incrível! Conforme a maré baixa, as pessoas vão explorando as areias que secam ao redor do Monte! Por mais que eu soubesse dessa maré que esvazia tanto, ver as pessoas passeando cada vez mais longe é surpreendente! E ainda é de manhã, a maré ainda vai vazar muito! Eu também quero sentir essas areias sob meus pés! No entanto, ainda é cedo, seguimos para a abadia.

A chegada aos portões me deixa abalada. Entramos, subimos. Passamos como se fosse a primeira vez pelas ruas que percorremos ontem. Tudo encanta, tudo chama a atenção: a bela igreja no meio do caminho, com Joana D'Arc protegendo sua entrada; esculturas de Madonas e de Saint-Michel em nichos escondidos pelas vielas; pássaros e flores emoldurando as fachadas.

Haja pernas! Haja fôlego! Que subida! E as escadarias da abadia? Devagar e sempre, para não cansar. Gaivotas chegam bem juntinho, posando para fotos, na esperança de migalhas de biscoitos.

Entramos. Ingressos comprados, inicia-se a jornada ao interior da abadia. E poderia ser só isso, mas o que eu vivi foi uma jornada ao interior de mim mesma. Sensações, emoções, um turbilhão de sentimentos misturados: alegria, reconhecimento, nostalgia.

A bela e simples construção, sem muitos adornos, convida à introspecção. À esquerda, uma porta leva a um pátio exterior. Saio por ela e me desfaço em pranto. Uma emoção tão funda, reverente, agradecida! Alegria e familiaridade. Reconhecimento? Talvez. Se você acredita que passamos muitas vezes pela Terra, em diferentes encarnações, vai pensar que voltei a um lugar onde já vivi em uma de minhas vidas anteriores. Eu também pensei isso. Mais do que pensar, eu senti isso. Mas não posso e nem acho necessário fazer esta afirmação. Posso sim, dizer que, de todos os lugares que fui, este foi o que mais me emocionou. Não tive nenhuma visão, como se estivesse "lembrando de uma vida anterior", não pensei: "por este terraço eu caminhava em minha encarnação de monge medieval da abadia de Saint-Michel na Idade Média". Não, muito pelo contrário! Não sinto nem um pouco que eu tenha sido um monge desta abadia. Mas sinto que sou conectada a ela e a este lugar de uma maneira muito forte, muito maior do que qualquer lógica possa explicar. Me senti em casa e pensei que essa visita, nesta vida, já me basta. Quero sim, voltar aqui se tiver a oportunidade, mas sei que já vivi o que, sem muita consciência, esperei por tanto tempo, o que se fez sentir como um forte desejo desde que ouvi falar neste lugar pela primeira vez, lá pelos anos 80, quando eu era uma adolescente e a simples ideia desta viagem me parecia impossível. O que me confirma a forte conexão que senti, a familiaridade, a sensação de reconhecimento? Não consigo dar uma razão, mas, de todos os documentários de locais extraordinários que vi ao longo da minha vida, por que este nunca saiu da minha cabeça e os outros sim? Tem algo que transcende o simples conhecimento, algo que está no coração, e isso vai muito além do que podemos explicar pela cabeça, mas que existe e muitas vezes é mais forte do que qualquer outra coisa. Neste caso é. Se eu nunca tivesse ido ao Mont Sait-Michel, talvez não tivesse essa certeza, mas fui, e lá, confirmei: eu conheço isso aqui; eu e este lugar pertencemos um ao outro, agora eu sei. E isso nunca mais vai sair de mim.

"Canta, ó musa..."[35]
O mais difícil é começar

Às vezes uma ideia vem, entra pela porta das letras, caminha sobre o tapete de palavras e se esparrama no sofá das frases até sonhar parágrafos que acordam em texto.

Muitas outras vezes ela fica só sonhando imagens e sensações...

Recebo visitas das nove Musas[36] de diversas formas, mas nem sempre elas levam meus dedos para dançar sobre as teclas do computador.

Esta semana, a celestial Urânia me mostrou o sol se retirando e levando, em seu rastro, todas as cores ao firmamento, em louvor à majestosa lua cheia nacarada que, em breve, se elevaria no céu, prateando o mar.

Tália e sua paleta de flores pintaram de beleza, sabores e perfumes, os caminhos onde brinquei com meus cachorros.

Rodeada por Erato e seu Amor, caí apaixonadamente nos braços do meu, em dançante deleite embalado por Terpsícore.

Pássaros e cigarras cantaram em coro com Melpômene, criando o cenário sagrado para os hinos narrados por Polímnia.

Em júbilo, Euterpe celebrou com Clio a bela e eloquente voz que Calíope me emprestaria para vestir de poesia a descrição desses dias.

Até agora, eu ainda não tinha sido capaz de verter sobre o papel as inspirações das deusas. Talvez porque eu ainda não tivesse sentado para me dedicar ao texto.

No entanto, a disciplina e a perseverança de sentar para escrever, mesmo que um pouco por dia, é o mais difícil para mim. Especialmente porque essa não é minha atividade principal. Antes de parar para escrever criativamente, vou cuidar da minha vida familiar e profissional: o marido, os cachorros, os gatos, a casa, os cursos, as aulas, os alunos, o consultório, os clientes (não necessariamente nessa ordem...). Por último, quando sobra tempo e energia, eu convoco as Musas.

Tenho que começar a convidar Eunômia[37], para me disciplinar também em minha atuação artística, que tanto me nutre de poesia e beleza. Talvez ela demore um pouco a vir, já que eu não a conheço muito bem, mas espero que as Musas a convençam a acompanhá-las a princípio, até que ela se torne minha companheira constante.

E espero que, cada vez mais, no tempinho em que paro para me dedicar a escrever, as Inspirações e a Disciplina aceitem meu convite ajudando-me a transformar acontecimentos, sentimentos e memórias em belos e poéticos textos, nos quais elas se revelem aos meus leitores.

O que será a visão?

Olho para a bromélia do lado de fora de minha janela, vejo uma pequena perereca em sua folha.

Marrom, um amarelo risca a lateral da cabeça, partindo da ponta do focinho, passando pelos olhos e terminando no dorso, acima dos ombros.

Imóvel, em atitude de espera.

O que ela espera? O sol para se aquecer um pouco e depois retornar à umidade do centro da planta que a acolhe?

Há muito não vejo pererecas, sapos, rãs por aqui. É raro e é uma pena. Sinal de que a natureza, embora abundante neste pequeno pedaço de paraíso em que me encontro, poderia ser mais saudável.

Tão imóvel a pequena criatura! Tão raro ter uma visita assim ilustre!

A curiosidade me move. Lentamente me aproximo para não a assustar... aos poucos encontro um ângulo de observação. Coloco os óculos e...

Surpresa! Decepção! Visão de meia idade que me engana!

Minha esperança se esvai... O pequeno ser que voltava para reequilibrar a natureza não passa de montinhos de folhas secas e sujeira coladas na folha da planta.

O que será a visão? Será que este sentido nos traz um descortinar do mundo, só para que, depois, ao envelhecermos e ele lentamente se retirar, possamos admirar a beleza de outras formas? Em um montinho de folhas parecendo uma perereca que nos dá a possibilidade de "ver" internamente?

Há o perigo de ficarmos na ilusão ou na decepção da descoberta da realidade, mas hoje percebi o belo e sábio da visão da memória.

"É de pão, de pão amado pelo fogo"

– "É de pão, de pão amado pelo fogo"[38].

Ela murmurava baixinho, com o olhar fixo na fogueira e perdido em pensamentos...

Pude ainda vislumbrar alguns objetos, velhos conhecidos, tornando-se cinzas. Tive o ímpeto de tentar salvá-los, mas sua calma impassível e sua cantilena monocórdica me preocuparam mais do que meros bens materiais. Estanquei e esperei tentando compreender.

Me perguntei o que ela estaria sentindo neste momento, mas tive medo de assustá-la com minha curiosidade, tão ensimesmada estava. Mirei as chamas para tentar ver o que a chamava; quem sabe o fogo também se me revelaria. Sem desviar o olhar, repeti:

– "É de pão, de pão amado pelo fogo". "É de pão, de pão amado pelo fogo". "É de pão, de pão amado pelo fogo".

Nada. As flamas harmoniosamente seguiam sua instável e incessante dança multicor. Ora mais quentes, ora mais luminosas, pequenas bailarinas se entrelaçavam e revezavam hipnotizando-me, mas nada me contavam. E eu admirava.

Tornei-me cativa da fogosa dança, que lentamente transformava meu repetido balbucio em ritmada melodia. A frase enigmática movia meu corpo que se entregava à excitante cadência. Me vi bailarina flama, integrante de ígneo corpo de baile em volúpia devoradora.

Móveis, cartas, lembranças, tudo que estivesse à frente e ao redor convidava para um banquete transformador. Já não havia mais tempo e espaço, apenas a cantiga que me embalava. Entrelaçando-me às chamas, sentia um frisson percorrer minha espinha ao encontrar cada objeto e mesclar-me a ele, antes de transformá-lo em cinzas fecundas de nova estrofe melodiosa: "Em teu abraço eu abraço o que existe"[39].

Os elementos se separavam e se fundiam em plena e abnegada entrega. Eu me concentrava e ampliava, sentindo o peso de sua existência e a potência de sua doação.

Rendi-me. Sentindo-me una com o universo, compreendi: "É de pão, de pão amado pelo fogo"! O trigo, a água, o fermento, elementos que se entregam ao fogo do cozimento para gerar a massa que se sacrifica como alimento. É preciso muito amor para se doar assim. Do pão, dos elementos, das chamas. O fogo que cozinha na noite primordial da existência humana. "Que antiga noite toco com meus sentidos?"[40]. Aquela na qual ainda não sou, sem nunca deixar de ter sido, porque já era propósito em geração.

De repente ouvi um chamado. Ela saíra de seu torpor e me arrebatara do meu, me perguntando que horas eram.

– Nove – respondi.

Com um susto ela pareceu finalmente despertar:

– Meu Deus, já passou todo o dia!

Sorrindo, pude finalmente perguntar:

– Você está bem? O que é essa frase que você está repetindo aí, olhando o fogo?

Fez um movimento rápido, como quem quer deixar cair alguma coisa dos ombros, dizendo:

– Sim, estou bem. Só não consigo tirar os olhos do fogo. Desse fogo abrasador que destruiu minhas lembranças.

Senti uma lança atravessando meu peito neste momento. Foi como se ela subitamente tivesse virado a página ao amenizar o peso dos ombros, como se de repente fosse esquecer e seguir adiante sem nem olhar para trás. O fogo já havia lambido aquela parte de sua vida.

Ela me olhou com olhos vívidos e vitalizados, levantou-se de um pulo e subitamente eu compreendi que compartilhara com ela o pão novo de sua vida, recém-saído daquelas chamas…

À primeira vista

O menino é belo. O céu é azul. O mar é imenso! Quanta beleza eu vejo no mundo, à primeira vista, se estou de bem com a vida. As flores perfeitas das plantas, os namorados felizes passeando de mãos dadas, as crianças gargalhando em suas brincadeiras agitadas.

O mundo é quente e acolhedor, os dias luminosos, as noites refrescantes. Tudo um encantamento a ser descoberto e admirado.

Será que o humor é um filtro? Que deixa transparecer só as belezas, quando está bom e as encobre quando está ruim? Porque quando estou de mal com a vida, nem ouço pássaros cantar, nem vejo flores e cores. À primeira vista o mundo é cinza, ninguém é belo, quer dizer, nem vejo as pessoas, o mar é perigoso, as plantas velhas, os namorados tediosos e as crianças barulhentas!

Se é um filtro, então eu deveria ter o poder de colocá-lo e tirá-lo quando bem quisesse, como faço com as fotografias: coloco filtros de acordo com os efeitos que quero dar para as fotos. Mas não é bem assim, o humor abre ou fecha meus olhos, dependendo de como ele está. Parece que é mais uma imposição ou uma cegueira. É: cegueira...

Uma limitação autoimposta inconscientemente! É uma escolha que eu faço, mesmo sem saber, pois tenho a possibilidade de ver, mas não vejo porque me deixo aprisionar pela minha disposição. Até no bom humor eu fico cega, se fecho os olhos para o que não é agradável.

Tudo um encantamento a ser descoberto e admirado, ou, rejeitado. É como se eu ficasse enfeitiçada e só fosse capaz de perceber o que estivesse em consonância com meu estado interior, com meus sentimentos.

Como os heróis dos contos de fadas e das histórias fazem para sair de seus encantamentos? Às vezes é o beijo de um amor verdadeiro, outras vezes o chamado de um pássaro ou ainda a benevolência de um mestre ou guia. Normalmente tem um outro personagem que ajuda o protagonista a despertar de seu feitiço.

Na "vida real", essa que eu e você vivemos todos os dias, quem me enfeitiça não é um bruxo, sou eu mesma, então eu é que deveria ser capaz de me despertar das minhas prisões inconscientes.

O que pode me despertar da ilusão da vida "só maravilhas" e do "embaçamento" da vida ruim? Qual é o meu beijo de amor verdadeiro? Qual é o meu canto de despertar? E para onde eu quero me levar?

À primeira vista, quero me deixar levar pelos encantamentos ou me abrir para conhecer de verdade o mundo, com todas as suas belezas e feiuras?

Amor da Esperança

É um dilema comer laranja… não é que descascar dá trabalho, é que mela tudo e deixa o cheiro na mão que parece que nunca mais vai sair. Cheiro de laranja é bom! É, mas não é exatamente esse cheiro. É cheiro de casca, com um amarguinho que aperta a língua. É cheiro que invade, cheiro que ultrapassa, cheiro que não sai e que não vai embora. De noite, depois de tomar banho, na cama deitada, me viro, a mão passa perto do nariz e lá está: cheiro de laranja descascada, amarguinho que aperta a língua.

Frescura! É, frescura, e eu me pergunto por quê? Sempre gostei de laranja. Aliás, sempre gostei de praticamente todas as frutas, mas algumas tenho preguiça de comer. Como eu gosto de frutas bem maduras, a maioria mela porque tem muito sumo. Fico com água na boca só de pensar em dar uma mordida numa fruta bem suculenta e sentir o sumo escorrendo pelo canto dos lábios, mas me dá um pouco de nervoso ficar toda melada e sujar tudo em volta.

Tem frutas que o prazer é maior do que o nervoso. Uma lima da pérsia ou um *grapefruit* são irresistíveis! Uma laranja lima eu passo. A não ser que alguém descasque para mim…

Aonde me levam essas frutas? Quando eu era pequena tinha a Esperança, fiel escudeira de minha bisavó, pequena, velha, preta, mas jeitinho de moleca e que me ensinou a comer de tudo. Me mimava e me cuidava como se eu fosse sua neta. E me dava laranja para comer escondido quando eu tinha piriri. Me pego agora sorrindo e chorando de saudade. Incrível, mas a imagem, a face, o jeito, o amor são inesquecíveis, intactos. No quintal da casa da bisa, a Esperança me alimentava, me deixava brincar, descascava laranja para mim. Nem sei lembrar de um momento exato, apenas sinto a presença onipresente, em toda a minha vida, dessa mulher que me ensinou a comer de tudo, que me cuidava e me alimentava. E me amava. Às vezes o amor dói. Às vezes dói saber que eu nunca pude dizer o quanto ela foi importante. Será que ela sabia? Será que ela pode me perdoar por não ter cuidado dela como ela cuidou de mim? Será que ela via o brilho no olho da menininha de quatro anos comendo laranja escondido, que dizia que ninguém podia ser mais especial do que ela, que era a única que ganhava a laranja descascada da Esperança? Será que ela sabe que a menininha ia se tornar uma mulher que ia amá-la para sempre? Quando a gente cresce e não consegue retribuir, para onde vai o amor? Será que quando eu choro agora, por não tê-la mais por perto, por não poder dizer o quanto ela foi e é importante, lá no céu das sábias feiticeiras alquimistas, que transformam substância em amor que nos alimenta, ela ouve e sente meu coração e minhas lágrimas?

Eu penso que o amor que a gente não pode mais expressar fica numa bolha atrás do cérebro, para gente não ver, não ouvir, não sentir... De vez em quando vêm lembranças e saudades, mas o amor fica na bolha só esperando o dia em que, descascar uma laranja lima se torna a gota d'amor que faltava para fazer transbordar a bolha e causar uma inundação de saudade!

Lágrimas na Terra, festa no céu

Para Milton e Luba

Muito tempo passou desde a última vez que te vi. Foi rápido, nem deu para matar direito as saudades. Agora, antes que eu pudesse te ver de novo, você se foi. Foi para o lado bom e luminoso da vida: o outro. Aquele que a gente tem que morrer para poder chegar. Aquele que toda a noite visitamos sem lembrar e sem poder ficar. Agora, só vou poder te encontrar de novo quando eu também me for. Eu sei que posso falar com você a qualquer momento, sei que vai me ouvir, mas tenho que aprender o idioma deste teu novo país. Ou melhor, tenho que lembrar, pois, eu também vim daí, só não recordo. Eu também visito este país toda noite, só não lembro. Eu também já entendi e falei a língua das estrelas, mas esqueci. Você lembrou quando partiu? Chegou poliglota e "local", encantando a todos, como fazia aqui? Já esqueceu a fala do lado de cá? Viu quantas pessoas foram celebrar tua chegada? Espero que sim. Se ainda não, faz o seguinte: fecha os olhos, eles já não enxergam; tapa os ouvidos, eles já não ouvem; aquieta os membros, desliga os sentidos, eles já não servem. Se despoja do que te prende, do que te aperta, do que não te cabe mais. Solta a garganta e deixa sair o grito mudo de tuas entranhas, o que está preso desde que você aqui chegou, que conta de onde veio e para onde agora voltou. Deixa só o teu coração falar, deixa que ele cresça e te mostre onde está e quem veio te receber e festejar contigo a tua volta. O coração que já não bate, mas canta. Você ouve o teu próprio canto? Ouça. O canto da liberdade, da realização, do dever bem cumprido. Dos frutos que plantou e cultivou e que agora pode entregar.

Choro. Não porque você se foi, mas porque não te vi antes de tua partida e sinto tua ausência. É estranho, mas a ausência é muito mais presente do que a própria presença. É um espaço vazio que envolve e aperta. Mas é também um espaço que se apresenta para ser preenchido.

Há os que o enchem de pesar e arrependimentos. Há os que o afogam em lágrimas de dor e saudades. Há os que o enfeitam com memórias felizes. Eu quero preenchê-lo de possibilidades. Possibilidades de estar contigo no que você precisar. Não na minha saudade, não na minha dor, nem nos meus arrependimentos, mas na certeza de que, enquanto aqui vivíamos, aproveitamos o tempo que tivemos juntos. Nem mais, nem menos. Fomos os amigos que quisemos ser e isto nos engrandeceu. Agora, essa amizade é o que preenche a ausência, pois nunca de fato estaremos longe, como nunca de fato estivemos. Não é este espaço físico, limitado, que te define. Nunca foi. É justo o oposto: ele é a expressão de ti. Expressão que já não te cabe e na qual não mais te encontrarei, pois você está nas estrelas, das quais temporariamente se afastou, mas que nunca se afastaram de ti. Agora, para te encontrar, olharei o céu. Lá eu te verei, sempre que eu te buscar. E para lá dirigirei as perguntas e respostas da nossa eterna conversa. Volta-te para lá, contempla quem há muito te esperava. Mostra os frutos das tuas realizações, entrega o brilho que produziu para enriquecer o firmamento e te deixa conduzir de volta, para onde fixará tua estrela e de onde ela reluzirá sobre nós, que ainda ficaremos um pouco mais, e sobre tudo e todos que vierem depois de nós.

Descansa no aconchego dos que te amam e que, ansiosos e jubilosos, aguardavam tua chegada. Confia que os que aqui deixou aprenderam contigo a ser e serão o melhor que puderem, em honra de ti.

Seja o vento, seja o mar, seja a montanha e o calor do sol; a leve brisa e a forte tempestade; vales, rios, areias, lágrimas; o fogo da lareira e o incêndio devastador; o cálido alento de um beijo e o doce afago nos cabelos. Seja tudo o que agora é, sempre foi e sempre será. Infinito e eterno.

Vá em paz, meu querido amigo.

Com amor,

Xanda

Qual a palavra que nunca foi dita?

Qual a palavra que nunca foi dita?
Qual a nota que nunca foi tocada?
Qual a planta que nunca foi plantada?
Qual a pessoa que nunca foi gerada?

Há, no mundo, um monte de vir-a-ser. Muito que ainda não está pronto para vir ou que o mundo ainda não está pronto para receber. Muito que aguarda, pacientemente, para chegar. Ou para não vir nunca.

Talvez a palavra que nunca foi dita fale disso. Fale de um tempo que ainda não chegou, de um espaço que ainda não surgiu, de seres que ainda não existiram. Mas que, em potência, existem. Estão na iminência de, mas podem não acontecer.

Todos os dias, se prestarmos atenção, um turbilhão de novidades aparece. Plantas e animais, resultado de mutação natural ou provocada; avanços científicos inimagináveis há alguns anos; obras artísticas surpreendentes; técnicas admiráveis; profissões; relações sociais; relações afetivas... Milhões de possibilidades se concretizando, a cada instante, basta olhar para ver.

Para cada nova forma, ser, técnica, relação que surge, também nascem infinitas possibilidades de uso, conhecimento e compreensão. E das pessoas se reinventarem e se autogerarem, ao se relacionarem com o novo mundo que as cerca, utilizando-o e consumindo-o ou reconhecendo-o e cocriando-o conscientemente.

É uma escolha, livre se for consciente, determinada se for instintiva. E que pode libertar e desenvolver quem cada um de nós pode vir a ser, ou nos aprisionar cada vez mais em quem ou o que já somos.

Talvez seja piegas falar de amor, mas eu penso que é ele que vai nos ajudar a querer cocriar esse mundo, que se transforma a cada instante, quer eu perceba ou não, pois, se eu amo, me interesso e começo a amar o que conheço e quero contribuir para que as coisas se desenvolvam e amo mais.

E amar e conhecer e criar não deveriam ser vistos como tarefas pesadas, graves, difíceis. Sérias e responsáveis sim, mas prazerosas e leves, como quando éramos crianças e isso era natural.

Por isso, acho que a palavra que nunca foi dita é uma mistura de brincar e trabalhar, um trabalho gostoso e sagrado, de amar e criar o mundo.

Sacriamar? Trabrincriar? Trabrincriamar? Sacrificriamar? Sacroficriamar?

Será que ela precisa ser dita?

Eu penso que ela precisa ser praticada, pois aí, ela existirá e, existindo, será criada e dita, e nós, conscientemente e felizes, realmente cocriaremos o mundo.

Lição do tempo

Corro contra o tempo. Tenho medo que ele me vença. Corro? Parada, sozinha, observo sua passagem pensando em tudo que preciso fazer. Não posso continuar parada, preciso me mover. Quieta, imagino-o cruzando a linha de chegada sem que eu consiga ultrapassá-lo: – Há tanto para fazer! Tão pouco tempo! Corre!

Não quero correr, quero poder apreciar o dia, acariciar os gatos, sorrir para meu marido. Sem que o tempo me atropele. Sem que eu pense que não fiz o que deveria ter feito. Sem que eu me sinta sua prisioneira.

Já, agora, parei de escrever para ver outras tarefas. A sensação de urgência, o sufoco para realizar tantas coisas já iniciadas, a preocupação em atender novas demandas!

E o tempo me olha, me chama, me espera. Sorrindo, paciente, compassivo, ele diz:

– Venha, no seu ritmo, há tempo para tudo, não vou cruzar a chegada sem você. Por que se desespera tanto comigo? Nunca te abandonei, você é que, ansiosa, se esquece de mim pensando em tudo ao mesmo tempo. Só na sua cabeça você compete comigo, pois só aí é que você acumula tudo e quer lidar com tudo de uma vez.

Quando você se concentra, como agora escrevendo este texto, não percebe que eu entro no seu ritmo? Quando fica inteira, presente, em uma só das suas atividades, como neste momento, conversando comigo, transcrevendo nosso diálogo, não sente que eu parei e que não há barreiras entre nós? Que, de fato, eu e você somos um?

Sei que agora mesmo você pensou que tem que parar para se arrumar senão vai se atrasar, mas que, se fizer isso, talvez não consiga continuar nossa conversa e terminar este texto.

Sim, há escolhas a fazer. Não posso escolher por você. Mas posso te lembrar, sempre que quiser, que eu estou totalmente disponível, basta você se fazer presente, inteira em cada tarefa, em cada momento, por menor e mais insignificante que seja, pois, assim como o amor de Vinicius[41], serei eterno enquanto durar.

Alegria a gente acha é só em horinhas de descuido[42]

Passou largo tempo. A tristeza encomprida o tempo. O frio encomprida o tempo. A escuridão encomprida o tempo.

O frio e a escuridão entristecem o ar. A tristeza esfria e escurece os dias. Parece que o sol não ilumina e não esquenta. Nem precisa de nuvens. Mas a tristeza também chama as nuvens: convoca as nuvens da alma a umedecerem o ar e escurecerem o dia. O frio úmido que gela os ossos. Ou são os ossos gélidos que esfriam e umedecem o ar?

Hoje o céu tem uma fina camada de escuridão, que ameniza a luz e o calor do sol. Ainda assim, o sol brilha radiante, arde aquecendo a pele e eu tenho a sensação de que o dia não é suficiente para cumprir todas as tarefas.

Alegria encurta o tempo? Sim, mas eu nem estou alegre... Só que não estou triste. Estou ativa e corajosa hoje e isso encurta o tempo. Quanto mais coisas faço, mais rápido o dia passa. Quanto menos ativa, "mais tempo o tempo tem", a ponto de não acabar nunca!

Atividade chama a alegria. A alegria calma, serena, da satisfação do dia cumprido. Cumprido e comprido de tanta tarefa feita, mas curto de horas... Na atividade o tempo vira ação e a gente mede o tamanho do dia não pelas horas, mas pelo número de tarefas realizadas. Fazendo, a gente fica alegre, mas nem sente. A alegria é assim, um descuido, um não sentir, não perceber, que a gente só se dá conta depois. Que vai enchendo a gente no fazer, no passar fazendo, até que no final do dia vem aquela sensação cheia, inteira, do cansaço, do dever cumprido, do dia bem passado, útil, produzido. Aí, no fim do dia a gente sente que sentiu alegria porque esse cheio todo transborda em cansaço de satisfação.

Então a gente dorme como rei, senhor de si, senhor do tempo. Dono da alegria toda transbordada do dia. A alegria do relaxo da cabeça, que quebrou inventando mil maneiras de fazer melhor; do cansaço do músculo que forçou fazendo o que a cabeça inventou. A alegria esvazia o cheio do dia. A alegria de poder sentir e esvaziar o cheio do dia.

A alegria é um dar-se conta do dia que viveu.

A tristeza é um saber que não se está vivendo o dia.

A tristeza a gente sente é quando fica só cuidando da hora.

Alegria a gente acha é só em horinhas de descuido, aprendi com meu amigo João[43].

"O que Deus quer é ver a gente aprendendo a ser capaz de ficar alegre a mais, no meio da alegria, e inda mais alegre ainda no meio da tristeza!"[44]

Notas

1 João Guimarães Rosa - importante autor da literatura brasileira. Frase extraída do livro *Grande Sertão: Veredas*

2 Asgard – reino dos deuses na mitologia nórdica

3 *O Maravilhoso Mágico de Oz* é um livro infantil, escrito por L. Frank Baum.

4 Íris – deusa da mitologia grega, personificação do arco-íris e mensageira dos deuses.

5 Oxumaré – divindade das religiões de origem africana. Senhor do arco-íris e da transformação.

6 Serpente do Arco-Íris - importante divindade dos povos aborígenes australianos, frequentemente vista como um deus da criação.

7 Johann Wolfgang von Goethe foi uma das mais importantes figuras da literatura alemã, do iluminismo alemão e do Romantismo europeu, no final do século XVIII e início do XIX. Foi também um polímata, cientista fenomenológico e estadista alemão do Sacro Império Romano-Germânico. É amplamente conhecido por ser o autor de Fausto. A frase citada no texto foi extraída de seu livro *A doutrina das cores*.

8 Iemanjá - divindade das religiões de origem africana. A Senhora do Mar, grande mãe universal.

9 Bíblia, livro do Gênesis, capítulo 1, versículos 6 a 8.

10 Amor da Esperança, página 105

11 João Guimarães Rosa (ver nota 1). Turismo sentimental é um dos Hai-Kais de seu livro *Magma*.

Turismo Sentimental

Viajei toda a Ásia

ao alisar o dorso

da minha gata angorá..."

12 Dança com os elementos - página 63.

13 Brincar de boneca– página 23.

14 Krishna – divindade da religião hindú. Adorado como o oitavo avatar de Vishnu, e também como o Deus Supremo por direito próprio.

15 *Bhagavad Gita* - "canção do bem-aventurado" ou "canção divina"; é um texto religioso hindu, parte do poema épico indiano *Mahabharata*.

16 Werther – personagem principal do romance *Os sofrimentos do jovem Werther*, de Johann Wolfgang von Goethe (ver nota 7).

17 Apolo – um dos mais venerados deuses da mitologia grega, É o deus Sol.

18 Selene - deusa da mitologia grega, personificação da lua.

19 Piazza della Signoria – praça central de Florença, cidade da Itália.

20 Luis Buñuel - realizador de cinema espanhol expoente do surrealismo. Colaborou com Salvador Dalí em alguns filmes.

21 Salvador Dalí - artista plástico espanhol, um dos mais importantes expoentes do surrealismo.

22 Wassily Kandinsky - artista plástico russo, professor da Bauhaus e pioneiro da arte abstrata. A frase citada foi extraída de seu livro *O Futuro da Pintura*.

23 Ver nota 35.

24 Pablo Picasso - pintor, escultor, ceramista, cenógrafo, poeta e dramaturgo espanhol, conhecido como o co-fundador do cubismo. Frase extraída de https://pt.wikiquote.org/wiki/Pablo_Picasso

25 Frase extraída do livro *Grande Sertão: Veredas*, de João Guimarães Rosa (ver nota 1).

26 *Stand-up paddle*: esporte aquático de remar em pé sobre uma prancha.

27 Cristo – divindade que encarnou no ser humano Jesus de Nazaré e na qual se baseiam todas as religiões cristãs.

28 Páscoa - festividade religiosa cristã que celebra a ressurreição de Jesus Cristo.

29 Ver nota 26.

30 Mont Saint-Michel - uma ilha rochosa na Normandia, França, onde foi construída uma abadia (abadia do Monte Saint-Michel) e santuário em homenagem ao arcanjo São Miguel.

31 Não me lembro do nome do documentário, mas era uma série que passava na TV a cabo, se não me engano, narrada pelo Robin Williams e, a cada episódio, uma celebridade apresentava um local muito especial. Eu vi quase todos, mas o episódio do Mont Saint-Michel me marcou profundamente. Estou procurando na internet, mas não consigo encontrar a série. Se alguém se lembrar e souber o nome, por favor envie para: alexandramettrau.escritora@gmail.com Obrigada!

32 Arcanjo Micael - é um arcanjo nas doutrinas religiosas judaicas, cristãs e islâmicas. No Brasil é mais conhecido como Arcanjo Miguel ou São Miguel.

33 Belenus - deus do Sol, do fogo e da luz na mitologia Celta.

34 Cerridwen - deusa celta associada à Lua e suas fases.

35 Homero - Início da *Ilíada*.

36 Musas, na mitologia grega, eram divindades a quem eram atribuídas a capacidade de inspirar a criação artística ou científica. São as nove deusas gregas filhas de Zeus com a deusa da memória, Mnemósine.

Elas deleitam o coração dos deuses e inspiram os poetas, já que sua função principal era presidir ao Pensamento sob todas as formas.

"*Calíope* preside à poesia épica; *Clio*, à história; *Polímnia*, à retórica; *Euterpe*, à música; *Terpsícore*, à dança; *Érato*, à lírica coral; *Melpômene*, à tragédia; *Talia*, à comédia; *Urânia*, à astronomia." (Fonte: Junito de Souza Brandão - Mitologia Grega. V. 1)

37 "*Eunômia* - segundo a mitologia grega, do segundo casamento de Zeus com Têmis, deusa da justiça divina, nasceram as Horas.

HORAS, em grego, significa divisão do tempo, período de tempo, estação. Eram três as Horas: *Eunômia*, a Disciplina; *Dique*, a Justiça, e *Irene*, a Paz. Os Atenienses, não obstante, chamavam-nas respectivamente de Talo, a que faz brotar, Auxo, a que faz crescer e Carpo, a que faz frutificar.

No mito, elas se apresentam sob duplo aspecto: como divindades da natureza, presidem ao ciclo da vegetação, como divindades da ordem, asseguram o equilíbrio da vida em sociedade". (Fonte: Junito de Souza Brandão - Mitologia Grega. V. 1 e 2).

38 Pablo Neruda – poeta e político chileno. A frase citada foi extraída de seu livro *Cem Sonetos de Amor*, Soneto XIII.

39 Pablo Neruda – poeta e político chileno. A frase citada foi extraída de seu livro *Cem Sonetos de Amor*, Soneto VIII.

40 Pablo Neruda – poeta e político chileno. A frase citada foi extraída de seu livro *Cem Sonetos de Amor*, Soneto XII, "Que antiga noite o homem toca com seus sentidos?" livremente modificado pela autora.

41 Vinicius de Moraes – poeta, dramaturgo, jornalista, diplomata, cantor e compositor brasileiro.. A frase citada foi extraída de seu poema *Soneto de Fidelidade*.

42 Paráfrase de "Felicidade se acha é em horinhas de descuido" - frase do Conto 'Barra da Vaca", no livro *Tutameia* (Terceiras Estórias) de João Guimarães Rosa (ver nota 1).

43 João Guimarães Rosa (ver nota 1).

44 Frase extraída do livro *Grande Sertão: Veredas*, de João Guimarães Rosa (ver nota 1).

Vermelho Marinho